約會大作戰　安可短篇集 9

DATE A LIVE ENCORE 9

Kadokawa Fantastic Novels

【約會大郵輪2ndDay　case-1　跳舞】

舞廳響著優雅的音樂。

穿著華麗服裝的人們隨著大小不一的弦樂器演奏出來的旋律，踏著輕快的舞步。

那幅光景宛如城堡的舞會，好似闖進電影場景中那般夢幻。

——豪華郵輪「瑪莉賽蓮號」。這一幕點綴了這個夜晚。

不過，在如此燦爛輝煌的空間——

「呼……呼……」

士道一身西裝打扮，步履蹣跚地從舞廳走向有桌子的空間。

因為他才剛逐一跟精靈們跳完舞，總計高達十一名之多。

「累、累死我了……」

他搖搖晃晃地在椅子上坐下。於是，盛滿菜餚的盤子「叩」的一聲放在眼前的桌上。

「累的時候吃飯最好了！來，吃吧！」

十香笑容滿面地如此說道，指向盤子。看來是把擺在會場旁的輕食拿過來了……不過，她裝的量可能早已不適合稱為輕食。

話雖如此，經過不斷的全身運動，造成體力不足也是事實。士道微微頷首，決定恭敬不如從命。

「好，那我就不客氣了。」

「嗯！那士道你嘴巴張開！」

說完，十香伸出扠著小香腸的叉子。

「啊哈哈……」

雖然有些難為情，但也不好拒絕。士道臉頰泛紅，張開嘴巴。

「——等一下。」

然而就在這時，折紙高聲制止。

「這盤菜確實是十香準備的，但我們應該也有餵食士道的權利。」

「咦？」

士道瞪大雙眼，其他精靈也附和折紙。

「呵呵，聽汝這麼一說，確實有理。」

「首肯。那我們輪流餵士道吧。」

「喂喂……」

輪流被餵食，意味著最少得吃十口菜餚。自己可沒有餓到那種程度。士道面有難色地搔了搔臉頰。

不過，事情並未就此結束。

「嘻嘻嘻，我沒有異議，但要怎麼決定順序？」

「這的確是個問題呢。」

「啊！那按照達令跟誰跳舞跳得最開心的順序來決定如何～～？」

美九說完，所有人的目光全集中在士道身上。

「唔、呃，可是我跟每個人都跳得很開心耶……」

士道識相地回答後，精靈們又繼續討論。

「哎，既然如此也沒辦法。那這次以要確實排出名次的前提下來跳舞吧。」

「唔嗯。能再次與郎君共舞，妾身很是高興……但要如何決定跳舞的順序呢？」

「這的確是個問題呢。那跳舞的順序以和士道玩兩人三腳，看誰最快來決定如何？」

「……那玩兩人三腳的順序要怎麼決定？」

「這的確是個問題呢。那跟士道玩遊戲，穿外褂躲在士道身後，靠他指揮，看誰能較順利拼出人物五官——」

「我的負擔也太重了吧！」

士道忍不住大叫出聲，但折紙等人似乎充耳不聞。

他為了突破即將展開的決定順序之地獄，一口吃掉十香遞出的小香腸。

【約會大郵輪 2ndDay　case-2　賭場】

「說到坐船旅行，肯定少不了去賭場賭兩把啊，少年～～！」

士道在船上的休息室歇息時，二亞突然出現，拍了拍他的肩膀並如此說道。

「賭場啊……要去是可以啦，但我對賭場不太熟喔。」

「放心吧、放心吧。一切包在二亞我身上——」

當二亞經過船內的走廊，踏進賭場的那一刻，突然止住了話語。

不過，這也是理所當然的事。因為那裡——

「喔喔！這不是士道和二亞嗎！」

「歡迎光臨。」

「哎呀、哎呀，是賭客嗎？」

「呵呵，祝您玩得盡興。」

——出現一排打扮成兔女郎的熟面孔。

「十香、折紙、狂三、七罪！妳們怎麼打扮成這樣！」

「啊哈哈，搞砸了一點事情，所以暫時在這裡工作。」

七罪誇張地聳起肩說道。不知為何，她的模樣是變身後的大人版本。

「哦～～……原來如此。八成是輸到脫褲子了喵。嘿嘿嘿，有意思。我也來賭一把吧！」

「喂、喂，二亞……」
即使士道出聲制止，二亞依然一副躍躍欲試的樣子。於是七罪莞爾一笑，張開手介紹各自負責的職務。
「好呀。妳想賭什麼？想賭二十一點，能用〈贗造魔女〉將手牌總點數變成二十一點的我可以奉陪；想賭撲克，能用【五之彈】預測數秒後未來的狂三可以奉陪；想賭輪盤，能用精妙的技術讓珠子落入期望的數字的折紙可以奉陪；而若想賭其他遊戲，運氣絕佳、總之就是很強的十香可以奉陪。」
「混帳！」
聽完七罪的說明，二亞淚眼汪汪地拍桌。實際上已宣布敗北。
「話說妳們都這麼詐了，為什麼還得穿上兔女郎裝工作啊～～根本不可能輸錢啊～～」
「誰說我們輸錢了？因為贏太多，賭場才以特別待遇僱用我們。」
「啊～～……原來如此。話說，薪水是多少萬圓啊？」
「我想想喔，大概這樣吧。」
七罪豎起幾根手指。二亞見狀，眼睛閃閃發光。
「真的假的！我也要做！再來一套兔女郎裝！」
「啊～～……看妳的體型，不適合兔女郎，可能要穿荷官服喔。」
「混帳！」
七罪說完，二亞再度拍桌。

【約會大郵輪 2ndDay　case-3　泳池】

船內的溫水游泳池流淌著恬靜的時光。

和煦的陽光、波動的水聲。盡興戲水的六喰、趴在沙灘躺椅上的狂三、在泳池嬉鬧的瑪莉亞——

「——呃，好像有哪裡不對勁吧！」

二亞對擴展在眼前的光景感到強烈的異樣感，像個發條娃娃般跳了起來。

「唔嗯？二亞，何故驚呼？」

「哎呀、哎呀，怎麼了？」

「妳這個人真是吵鬧呢。希望妳像妳這年紀該有的樣子，稍微穩重一點。活得再久，心智不成熟就稱不上是個大人。外表是大人，頭腦是小孩，很悲慘呢。」

「就只有妳一個人囉哩囉嗦的！咦！瑪莉亞，妳為什麼在這裡？出現的時間點不對吧！這時妳還沒有實體不是嗎！」

「不要用讀者視角說這種話啦。請妳多注重一下作品的世界好嗎？」

「妳還好意思說我，把作品世界搞得亂七八糟的就是妳啦！」

二亞大喊後，瑪莉亞便一副無奈的樣子聳了聳肩。

「真沒辦法，我就跟妳說實話吧。其實這艘豪華郵輪是我創造出的電腦空間。」

「妳、妳說什麼～～！……呃，誰會相信這種鬼話啊！說謊也不打草稿～～！」

「哦？那我就親身證明給妳看。看招。電腦空間特有的投機主義下誕生的融解泳裝水攻擊。我潑～～」

「呀啊～～！要讓讀者大飽眼福了～～！」

「哎，當然是假的啦。」

「……竟然是假的喔！」

「話說，剛才瑪莉亞妳潑的水完全沒有冰冷的觸感呢。」

狂三說道，瑪莉亞便拍拍手。

「狂三，妳跟二亞不同，洞察力真敏銳呢。只有我不能參與，太氣人了，我就製作了立體影像。若是真有能融解泳裝的水，我才不會潑向二亞。我對市場需求很敏感的。」

「妳這是什麼意思啊，喂～～！」

聽了瑪莉亞說的話，二亞以飛身撲擊般的姿勢跳進泳池。

瑪莉亞的身影瞬間消失。二亞的肚子猛力撞擊水面，疼痛不已。

DATE A LIVE ENCORE 9

ParentsITSUKA,HouseNIA,ChallengeNATSUMI,TrainingORIGAMI,
ScandalMIKU,CruisingSPIRIT

CONTENTS

約會大作戰

安可短篇集 9

橘 公司
Koushi Tachibana

Kadokawa Fantastic Novels

彩頁／內文插畫　つなこ

精靈
THE SPIRIT
存在於鄰界，被指定為特殊災害的生命體。發生原因、存在理由皆為不明。
現身在這個世界時，會引發空間震，給周圍帶來莫大的災害。
再者，其戰鬥能力相當強大。
處置方法1
WAYS OF COPING 1
以武力殲滅精靈。
但是如同上文所述，精靈擁有極高的戰鬥能力，所以這個方法相當難以實現。
處置方法2
WAYS OF COPING 2
——與精靈約會，使她迷戀上自己。
安可短篇集9
DATE A LIVE ENCORE 9
SpiritNo.2
Height 168 Three size B76/W59/H80

雙親五河

ParentsITSUKA

DATE A LIVE ENCORE 9

「……喔，真是人山人海呢。」

某個冬天，士道獨自來到市內的百貨公司。

他所在的十一樓特賣會場似乎正在舉辦期間限定的北海道物產展，擺滿了平常少見的食材和令人垂涎三尺的當地甜點等商品。當然，有許多顧客專程為此而來，把樓層擠得水洩不通。

說歸說，士道的目的也正是如此。他看了夾在報紙裡頭的傳單，得知物產展的消息，外出辦事時順道跑一趟百貨公司來買齊晚餐的食材。

「難得新鮮的海鮮一應俱全……做海鮮蓋飯也不錯呢，而且今天大家都在家。」

士道一邊低喃，同時折起手指，在腦中數人數。

沒錯。今天是假日，因此精靈們全留守五河家。

現在待在家裡的有十香、四糸乃、耶俱矢、夕弦、美九、七罪、折紙七人，而前往〈佛拉克西納斯〉工作的琴里應該也會在晚飯前回來。

「這樣的話需要不少分量呢。九人份……不，十香最少要吃三人份，所以是十一人份……」

這種事稀鬆平常，但食材似乎會很重，早知道應該帶個人來幫忙的……不過，即使只打算帶一個人，沒丟糯米糰子也會增加一個又一個的同伴，想想也無可奈何。

士道輕輕苦笑後，拿起購物籃走向陳列生鮮食品的區域。

於是——

「嗯……？」

士道突然停下腳步，因為口袋裡的手機響了起來。

本以為是家裡某個精靈打來的，查看手機後……似乎並非如此。螢幕上顯示「私人號碼」。

「……到底是誰？」

儘管存疑，士道還是按下通話鍵接聽。

「喂？」

於是，電話另一頭傳來含糊的聲音。

『——你女兒在我手上。想要我放人，明天之前準備好一億。』

「……咦？」

聽見出乎意料的話語，士道瞪大雙眼。

「請、請問？」

『我可沒開玩笑。現在就讓你聽聽聲音。』

『呀～～爸爸救我～～！』

遠方傳來感覺像是發出假音的驚叫聲。

「…………」

聽見那道聲音，士道手抵額頭發出深深嘆息。

「……還刻意設定成私人號碼是在搞什麼啊，爸、媽？」

『哎呀，被拆穿了嗎？』

士道說完，傳來比剛才還要清楚的聲音。

沒錯。來電的正是在海外出差的父母——五河龍雄和五河遙子。順帶一提，扮演綁架犯的是遙子；扮演女兒的則是龍雄。這角色分配怎麼想都很牽強。

「想說你們很久沒打電話給我，結果一打來就搞這一齣喔……」

『抱歉、抱歉，工作太忙了。哇～～不過真不愧是士仔，竟然一下子就被識破了。』

「別叫我士仔啦……所以，找我到底有什麼事？」

『什麼嘛，打電話給兒子還需要理由嗎？』

『真傷人～～爸爸難過得都要哭了。嗚嗚嗚～～』

『啊～～士仔把龍仔惹哭了～～真～～壞～～』

「……我要掛了喔。」

『啊～～等一下啦。你還是一樣沒有幽默感呢。』

『就是說呀。如果是琴里就會給我們面子，表現出驚慌失措的樣子。』

說完，兩人在話筒前對彼此說：『對吧～～』這對夫妻情緒還是這麼High。
「所以到底有什麼事……」
『啊啊，對了、對了，我都忘了。你猜我們現在人在哪裡？』
「哪裡，不是美國嗎？到總公司出差……」
『噗噗～～！答錯！換人回答！來，龍仔！』
『在東京都天宮市，東天宮我親愛又懷念的家門口！』
『好，叮咚，答對了！龍仔得一億分！』
『好耶！得到一億分的話，可以允許我買新電腦嗎！』
『那需要一百億分。』
『可惡！』
「啥……？」
一堆資訊波濤洶湧般襲來，聽得士道兩眼發直。不過，話筒另一頭的對象倒是不怎麼在意，接著說：
『總之，我們回來了！不過是臨時休假，馬上又得回去就是了。』
『哎呀～～真是好久沒看見你和琴里了。你們過得好嗎？』
「等……等一下！」

士道語帶哀號地大聲說完，走在四周的顧客便詫異地轉頭看他。不過，士道現在沒有多餘的心思去在意別人的眼光。

這也難怪。剛才他的父母說他們人在五河家門口。

——在「精靈們留守」的五河家門口。

『嗯？有什麼問題嗎？』

「沒、沒有啦……其實我出門買東西了，不在家！琴里也出門了……！」

『哎呀，是這樣嗎？那正好，晚餐的材料可以多買我們兩人的份嗎？好久沒吃到士仔你做的菜了～～』

「重、重點不在這裡！總之，在我們回家之前，你們可以先在外面打發時間嗎！」

『咦咦～～為什麼？在家等不就好了？』

「唔……！不、不為什麼！拜託你們啦……！」

士道強烈訴說自己的請求後，遙子便「哼哼～～」兩聲發出壞笑。

『龍仔～～看來士仔趁我們不在偷偷在家藏了什麼，在他回家前好好把房子搜一遍吧～～』

『遵命。』

「不要啦～～～～～～～～～～～～～～～！」

欲蓋彌彰。士道發出高亢的叫聲。

『嗯，那晚餐就麻煩你啦。看菜色，我可能會軟化找到你寶物時的反應喔。順帶一提，媽媽我現在超級想吃螃蟹的。』

『啊，爸爸想吃海膽。』

留下彷彿知曉士道正在北海道物產展的菜單，電話便掛斷了。

士道臉色蒼白，連忙滑手機想打給應該在家的十香她們。

不過，大概是昨晚忘記充電了，手機竟然偏偏在他正要按下通話鍵的那一瞬間沒電，螢幕轉暗。

「為什麼偏偏這時候沒電啊！」

這樣下去情況不妙、非常不妙。因為信任而留在家中的兒子竟然在不知不覺間沉溺後宮，把陌生女子帶回家，這何止是開家庭會議就能平息的事。就算父母再怎麼開明，買喜歡的食物討好他們，也不會容許這種情況吧。說到要怎麼利用螃蟹和海膽，也只想到連殼塞進他們口中堵住兩人的嘴而已。

「總之，必須火速趕回家……！」

時間拖越久，情況只會越惡化。或許無法避免父母與精靈接觸，但必須在雙方聊到什麼致命性話題之前盡快趕回家中。士道撥開人群，邁步奔馳。

明知派不上用場，為防萬一，士道還是將螃蟹和海膽塞進購物籃。

◇

「唔……再一次，折紙！」

十香在五河家的客廳，手握電玩控制器大聲說道。

這名少女的特徵是一頭如夜色的長髮與水晶般的眼瞳。她那端正的臉龐，如今卻因懊悔而皺起。

理由很單純。因為呈現在她眼前的畫面，是俯臥在地的角色與跳躍的「ＫＯ！」文字。

「再玩幾次都一樣。」

回答的是坐在十香隔壁的少女，鳶一折紙。她的表情與十香恰恰相反，一副事不關己的樣子盯著畫面。

成績總計，五戰五敗。十香覺得八舞姊妹玩的遊戲很好玩，便要求下場玩，結果從剛才就被折紙超凡的技巧玩弄於股掌之間，一次都沒有贏。

耶俱矢見狀，從十香和折紙的背後出聲說：

「呵呵，真是令人佩服啊，折紙。不過，把吾之眷屬打了個落花流水，本宮可不會默默嚥下這口氣。本宮也差不多該親自出馬對付妳了。」

「指摘。耶俱矢先贏過夕弦再說吧。」

坐在耶俱矢隔壁的夕弦「呼～～」地吐了一口氣說道。耶俱矢尷尬得說不出話。

「我、我不承認那種狡猾的贏法！贏得太不漂亮了！」

「否定。贏就是贏。誰教耶俱矢只想使出超必殺技，在畫面邊邊跳來跳去，不打妳打誰？」

「唔、唔唔唔唔唔……！」

耶俱矢悔恨地低吟。實際上，耶俱矢在自己占優勢的比賽回合中，也企圖以華麗的必殺技KO對方，常常反勝為敗。

「大、大家，別吵架嘛……」

「就是說呀～～開開心心玩遊戲多好～～」

更後方傳來四糸乃與她手上戴著的兔子手偶「四糸奈」的聲音。四糸乃、七罪、美九三人在客廳後方看電玩組白熱化的對決，一邊優雅地喝著紅茶。

「沒錯～～和樂融融多好，就像人家跟七罪一樣～～」

「……呃，誰跟妳和樂融融啊。話說，妳怎麼越坐越近？很恐怖耶。」

「咦？人家哪有越坐越近，那是妳的錯覺啦，才會看起來是那樣～～人家在七罪的心中占的分量變重了呢～～」

「……嗯，那個，可以先請妳別把手放在我腿上嗎？而且可以不要用指尖輕撫我嗎？」

美九與七罪似乎展開了攻防戰。
那邊也挺令人在意的，不過現在應以自己的戰鬥為重。十香甩了甩頭，高聲說道：
「總之！以戰敗收場我嚥不下這口氣！再比一場吧，折——」
不過，十香說到一半打住話頭。
因為她的耳朵捕捉到可疑的聲音。
「——？」
折紙和其他精靈似乎也立刻察覺。大家同樣停止對話，豎起耳朵。
「……這聲音是……」
「從玄關……傳來的呢。是士道或琴里回來了嗎……？」
「不對，腳步聲跟他們兩人的感覺不一樣。」
「嗯～～那是訪客嗎～～？」
「不，如果是訪客，通常會按門鈴吧？」
「首肯。說得不錯。所以是——」
「——闖空門。」
聽見折紙的發言，精靈們紛紛屏住呼吸。
「怎、怎麼可能，光天化日之下這麼明目張膽……」

「那麼，搞不好是強盜。總之，有除了士道和琴里以外的人不按門鈴就闖入這個家，這是無庸置疑的事實。」

「該、該怎麼辦才好……」

四糸乃驚慌失措地輕聲說道。

於是，折紙一語不發地望向通往玄關的門。

「明明是自己家，卻很懷念呢。」

「啊～～就是說啊～～」

遙子和龍雄並肩站在五河家門前，感慨萬千地呢喃。

妻子遙子擁有一頭短髮和看似強勢、眼尾往上的雙眸，還有總是挺起胸膛般凜然的站姿；丈夫龍雄的特徵則是黑框眼鏡下經常笑咪咪的雙眼，與有些駝背的姿勢。

人說長久一起生活的夫妻容貌會變得越來越相似……這種說法倒是不適用在這對五河夫妻身上。受邀參加兩人婚禮的朋友說他們站在一起的模樣，與其說是夫妻，更像是女中豪傑與一介文官，或是任性的千金大小姐與老管家。

「好，那我們進去吧。」

「嗯，也對……呃，哇哇！」

就在這時，龍雄踩空臺階，倒向遙子。

「喂……呀！」

然後就這麼一頭栽進因驚嚇而回過頭的遙子的胸口。

這簡直就像漫畫一樣。遙子聳肩嘆息。

「……真是的，你還是一點都沒變〜〜」

「抱、抱歉……」

「沒關係，我已經習慣了。換作以前，我早就一拳揍過去了。」

「嗯……我記得以前挨了不少拳頭。」

龍雄一臉抱歉地如此說道，並且站直身子……看來他從以前就有這方面的毛病。遙子苦笑著將手伸向玄關的門把。

「好了，快點進……呃，哎呀？」

這時，遙子突然歪了歪頭。

「怎麼了嗎？」

「不是說家裡沒人嗎？可是玄關沒有上鎖。」

「是喔……依士道謹慎的個性，還真稀奇呢。」

「嗯～～就算日本治安再好，沒鎖門未免也太粗心了，得唸唸他才行。」

遙子走進玄關並說道。

不過這時，她再次疑惑地皺起眉頭——因為玄關擺著許多女鞋。

「小琴也真是的，我們不在家，鞋子就隨便亂丟……啊，而且都是沒看過的鞋款。」

「啊哈哈，難不成是因為這樣，士道才不想讓我們回家嗎？」

「啊～～可能喔。真是的，士仔還是一樣溺愛妹妹。」

遙子無奈地聳聳肩，脫鞋進屋。於是，龍雄在旁邊伸了伸懶腰。

「嗯～～……還是家裡舒服。國外的員工宿舍也不錯，但氣氛感覺就是不一樣。」

「我懂、我懂。說到底，我們還是日本人嘛。」

啊哈哈。兩人輕笑，經過走廊，打開客廳的門。

——那一瞬間。

「咦？」

「欸？」

遙子與龍雄同時發出錯愕聲。

不過，這也難怪吧。畢竟兩人走進客廳的瞬間，左右突然蹦出人影，立刻將兩人制伏，按倒在地。

「怎、怎麼回事！現在到底是怎樣！」

「小、小遙！妳沒事吧！」

即使揮動手腳掙扎，雙手依然被牢牢束縛住，不得動彈，勉強轉動脖子望向犯人的臉。此時，遙子再次大吃一驚。因為制伏他們夫妻倆的，竟然是兩名年輕少女——而且還是一個模子刻出來的雙胞胎。

「哼，本宮勸汝等不要抵抗。」

「警告。別亂動。」

「什、什麼……」

事發突然，令遙子慌亂得眼珠子直打轉。接著又有數名少女從沙發後頭魚貫而出，以懷疑的眼神打量遙子兩人。

「唔……就是此二人嗎？」

「看、看起來不像呢……」

「……四糸乃，妳太天真了。真正的壞蛋是不會長得一副壞人臉的。」

少女們說的話，兩人是有聽沒有懂。

遙子的頭腦瞬間浮現「強盜」兩個字，但那群少女的模樣看起來又不像。不過站在對面左側，眼神凶惡的少女說「真正的壞蛋不會長得一副壞人臉」，也許她們確實有可能是強盜。

這時——

「——唔呃！」

當遙子腦袋一片混亂時，突然傳來龍雄痛苦的叫聲。

循聲望去，發現又有一名少女自暗處出現，從後面抓住龍雄的後頸，手持小刀抵在他的脖子上。

「龍、龍仔！」

「——你們是什麼人？」

如洋娃娃般五官端正的少女面無表情地淡淡說道。那副冰冷的模樣令遙子不禁屏息，本能地感到恐懼。看她的手法，已經習慣用刀來做「威脅」以外的事情。

「不回答的話，我就一根一根切斷這男人的手指。」

「噫……！」

「喂、喂，折紙……」

少女的同伴皺起眉頭說道。

「別擔心。方法雖然老套，卻效果十足。不只是單純的疼痛，可能會失去手指這個重要器官的恐懼，對打擊人心非常有用。」

「折、折紙……？」

「而且對方有兩人時用這招更好。若是他們關係密切，另一個人可能會受不了對方疼痛而據實以告。即使兩人之間沒有信賴關係，讓其中一人聽夠同伴的慘叫聲後，再用同樣的方式威脅，效果……」

「噫、噫噫噫！」

看來光是少女淡淡地說出這番話就已經發揮極大的效用了。龍雄發起膽怯的聲音。

「我、我不是這個意思！我是在說妳會不會做得太過火了！」

黑髮少女說完，持刀少女發出低吟思考。

「妳說的也有道理。」

「妳、妳聽懂我的意思了嗎？」

「的確，一開始應該先拔指甲，而不是從手指下手。折紙我真粗心。」

「妳根本沒聽懂！」

黑髮少女大喊後，持刀少女一臉疑惑地歪了歪頭。

「……那麼，自白劑？」

其他少女同時搖頭。

看來其他少女打算息事寧人的樣子，至少沒有不由分說想殺死遙子夫妻或問出存摺所在處的意思。遙子扭動身子大喊：

「我、我才想問妳們是什麼人呢……！到底在這裡做什麼！」

「做什麼……？看家啊。」

黑髮少女偏過頭，一副「問什麼廢話」的模樣。

遙子一時之間還以為她在揶揄自己……但恐怕並非如此。從她的表情看不出在說謊。

既然如此，這究竟是怎麼回事？難不成他們夫妻走錯了家門……？腦海掠過這樣的想法，但她立刻否定。擴展在眼前的客廳無庸置疑是自家客廳，是龍雄和遙子貸款三十年買下的愛屋。

當然，若是五河家隔壁蓋了一棟內部裝潢一模一樣的房子，那就另當別論了……但又不是電玩世界，怎麼可能發生這種事。

「看家……我不記得有拜託過妳們。」

「唔？汝說什麼？」

「疑惑。夕弦等人也沒有被妳拜託的印象。」

制伏遙子和龍雄的雙胞胎如此說道。聽兩人自說自話，遙子發出尖銳的聲音說：

「妳們從剛才開始就在胡說八道什麼啊！隨便闖進別人家……！」

遙子說完這句話的瞬間，拿刀威脅龍雄的少女像是察覺到什麼似的，赫然瞪大雙眼。

「唔……？折紙，妳怎麼了？」

「……難不成……」

被喚作折紙的少女收起小刀後，從口袋拿出手機開始操作。

然後繞到遙子和龍雄的正面，來回查看手機螢幕與兩人的臉後立刻站起來，鬆開壓制住龍雄和遙子的雙胞胎的手。

「汝、汝做什麼？」

「不解。折紙大師，為何放開他們？」

雙胞胎一臉疑惑地如此問道，折紙不予理會，溫柔地對龍雄和遙子說：

「兩位沒事吧？可以放心了——爸、媽。」

「啥……？」

「妳剛才說什麼……？」

遙子和龍雄一臉問號。至少他們不記得有個女兒會對初次見面的人說出斷手指或拔指甲這種駭人的話。

而且，困惑的似乎不只遙子一人。在場的少女們也跟兩人一樣，露出一頭霧水的表情。

「唔？他們是折紙的父母嗎……？」

「奇怪？可是折紙的父母不是……」

「不。」

折紙緩緩搖頭。

「這兩位是五河龍雄、遙子夫妻——士道與琴里的父母。」

「「…………！」」

折紙說完，少女們的表情同時染上驚愕之色。

◇

「啊啊，可惡，為什麼偏偏在這種時候塞車啊～～～！」

士道晃著沉甸甸的購物袋，在路上奔跑。

起初他打算搭公車回家，卻不幸碰上某處發生意外，公車完全沒有前進。這樣下去，不知道何年何月才能回到家。士道不得已只好中途下車，靠自己的雙腳返家。

恐怕已經無法避免父母撞見精靈了。不過，目前待在五河家中的精靈都是心地善良的少女，肯定立刻就打成一片，正談天說笑呢。應該不會制伏或威脅士道的父母吧。

理想的狀況是，父母把那群精靈當成是琴里的朋友……但世事難料啊。

士道現在能做的就是盡早回到家，把那群精靈和父母放在自己眼皮子底下監視，最壞還能在精靈們說出致命性發言前想辦法蒙混過去。總之，必須加緊腳步——

「…………！」

就在這時，士道突然停下腳步。

這也無可奈何。若是發現前方有女性倒下，即使不是士道也會做出一樣的舉動吧。

「妳、妳還好嗎？」

「嗚、嗚嗚嗚，不好意思，我不小心扭到腳了……咦，五河同學？」

「小珠……不對，老師！」

看見女性的臉龐，士道瞪大了雙眼。因為倒在路旁的正是士道的班導師岡峰珠惠，通稱小珠。而且感覺有精心打扮過，妝化得比平常濃一點。之所以會扭到腳，想必也是穿著高得誇張的高跟鞋所導致。

「妳在這裡做什麼啊？妳這身打扮是……」

「五河同學！」

小珠在士道話說到一半時，一把抓住他的手。

「哇！有、有事嗎？」

「拜、拜託你，帶我到二丁目的聯合大廈！」

「咦？」

聽見突如其來的請求，士道發出破音的怪聲。

「妳、妳到那裡是有什麼事情嗎？」

「參加相親派對！」

「這、這樣啊……」

士道被小珠怒濤般的氣勢所震懾，不禁後退了幾步。不過，小珠沒有要放手的意思。

「這次是限定男性年收八百萬以上的上流派對，競爭超激烈的！過完下次生日後，我就不能再參加二字頭女性限定的企畫了！如果我在這裡倒下！如何面對那些超齡的同伴……！」

小珠淚眼汪汪地說道。士道臉頰流下汗水。

「不好意思，我在趕時間……」

「……你要是不帶我去，就要娶我當老婆喔……」

「唔……！」

聽見小珠如亡魂般的聲音，士道感覺背脊一陣發涼。

從這裡到聯合大廈，要往五河家反方向走十分鐘左右。一想到精靈們正在家中與父母接觸，這十分鐘可是不容小覷的浪費。

不過，總不能把她丟在這裡不管。「喝啊……！」士道大叫一聲後，揹起小珠。

◇

「……本宮聽見煉獄傳來亡者的呼喚。」

耶俱矢臉頰流下汗水低喃。雖然聽不懂這句話的意思，但隱約能了解她似乎是想表達捅了大婁子。

話雖如此，在場的所有精靈都跟她有同樣的想法。

十香等人正躲在吧檯桌後方，圍成一個圓，交頭接耳地開會，但表情全都稱不上明朗。

不過這也是理所當然的事。雖說事先不知情，但畢竟是對士道和琴里的父母耍狠動粗。

「沒想到士道的父母會回來……」

「我記得……他們好像去國外出差了吧……？」

「沒錯沒錯。好像說過他們夫妻倆都在電子公司？工作對吧～」

四糸乃與「四糸奈」點頭回應十香。

「唔～突然把人制伏在地，很糟糕吧～」

美九伸出一根手指抵在下巴說道。於是，直接壓制兩人的八舞姊妹露出忐忑不安的神情。

「果、果然很糟糕吧……怎麼辦？我想說機會難得，就使出剛學會的近身格鬥……」

「首肯。不小心用了就算對方持槍也能對付的方式來制伏他們。」

說完，耶俱矢和夕弦垂頭喪氣。還想說兩人的手法怎麼如此靈活，原來練了近身格鬥……是打算下次比賽擒拿術嗎？

聽完兩人說話的折紙垂下視線，搖頭道：

「耶俱矢和夕弦犯了大錯。在五河夫妻的心靈留下難以磨滅的傷痕。」

「怎、怎麼這樣……」

「鬱悶。該怎麼辦才好……」

「……不，我覺得妳才在人家心中留下最深刻的陰影吧……」

七罪給了折紙白眼並如此吐槽。其他精靈紛紛點頭表示同意。

「現在不是互相推卸責任的時候。」

「呃，推卸責任……？」

七罪似乎還有話想說，後來大概也認為折紙說的話有道理，便不再說話。

「不、不過……說實在的，我們會怎麼樣啊……？」

十香一臉不安地說完，七罪便面有難色地回答：

「……這個嘛，士道他們的父母是這個家的主人吧。惹那兩人討厭的話，應該不能再像以往那樣自由進出這個家了吧……」

「怎、怎麼這樣！」

「……不，如果只是這樣倒還好。要是士道和琴里的父母對他們說：『別跟那種粗暴的孩子來往！』……」

「…………！」

「『抱歉，各位……我無法跟對我父母施暴的人交好。』」

「啊……啊啊……」

聽見七罪無比消極的一番話，十香等人露出悲愴的表情。

「我、我可不想這樣！該怎麼辦才好！」

十香說完，美九有些得意地盤起胳膊。

「——人家有個主意～」

「妳、妳有什麼好辦法嗎！」

美九點了點頭。

「很遺憾，達令的父親大人和母親大人對我們的第一印象糟透了。不過，既然如此，只要給他們超越第一印象的好印象就好了～」

「好印象……嗎？」

「具體而言該怎麼做呢～？」

四糸乃與「四糸奈」歪頭問道，美九便豎起一根手指。

「也就是說，日式的待客之道！」

「待、待客之道！」

「沒錯。兩人長途跋涉，想必累壞了。只要我們用心款待他們，他們肯定會認為我們真是一群貼心的孩子～～！」

聽了美九說的話，精靈們眼睛閃閃發光。

「好……我願意做！」

「我、我也是……！」

「四糸奈也是～～！」

「呵呵……也好。讓他們見識見識本宮被譽為地獄禮賓員的本事吧。」

「首肯。看我的吧。」

「……哎，我是無所謂啦……既然大家都這麼說。」

「我沒有異議。」

聽見大家的回答，美九點了點頭。

「拍板定案～～──那麼，作戰開始～～！」

「……龍、龍仔，你還好嗎……？」

「小遙妳呢？沒事吧？手痛不痛？」

遙子與龍雄在彼此耳邊輕聲低喃交談。
被釋放的兩人如今並肩坐在客廳的沙發上……但依然無法全然放心。
不過，這也理所當然。因為占據自家的神祕少女們正在吧檯桌後方商量些什麼。
「那群孩子……到底是什麼人啊？」
龍雄納悶地如此說道。「就是說呀……」遙子輕聲回答。
「她們好像認識士道和琴里……不知道是什麼關係。」
「應該是普通朋友吧。士道和琴里拜託她們看家，結果碰上我們回來，就誤以為我們是小偷，把我們抓起來……」
「……最近的女孩子都有學習軍隊格鬥，或是擅長用刀、通曉拷問術嗎？那群孩子顯然不普通吧。」
「是嗎……看起來沒那麼壞啊。」
龍雄樂天地說道；遙子一語不發地對他搖搖頭。
還是一樣毫無危機意識。他雖是一名非常優秀的工程師，但相對地也不世故、不了解別人的惡意……用一句話來說，就是太善良了。實際上若非遙子制止，他差點被詐騙的實例可不只一兩次。不過，對遙子來說，龍雄的這種個性也讓她覺得超可愛。
「……總之，待在這裡很危險。我們乘機逃跑吧。」

「唔～～……既然妳這麼說，那我就照辦吧。」

龍雄儘管不認同，還是點頭答應。

「好，那我們盡量不要發出聲響地行動吧。」

遙子與龍雄慢慢抬起腰，躡手躡腳地走向走廊。

不過，就在這個時候——

「——完成了！」

吧檯桌的另一頭——廚房傳來這樣的聲音，隨後一名少女端著大盤子走向客廳。

她看見正打算伸手開門的遙子兩人，一臉疑惑地歪過頭。

「唔？士道的父母，你們怎麼了？要去哪裡嗎？」

「嗯，對。我們打算乘機逃跑……」

「！不、不，什麼事都沒有！只是做一下運動而已！」

龍雄打算據實以告；遙子大喊打斷他。老實是龍雄的優點沒錯，但剛才時機未免太不湊巧了吧。要是打算逃跑的事穿幫，不知道會受到什麼樣的對待。

「唔，是這樣嗎？」

不過，對方似乎也跟龍雄一樣單純，坦率地相信遙子牽強的藉口。

「所以……妳……」

「十香。我叫夜刀神十香。」

「十香，妳有什麼事嗎？」

遙子說完，十香大大地點頭應了一聲：「嗯！」將手上的大盤子放到桌上。

「我聽說待客之道是體貼他人，讓別人感到開心。兩位長途跋涉，肚子餓了吧！別客氣，吃吧！」

她說完指向盤裡盛的東西。遙子與龍雄納悶地探頭看。

「這是……飯糰嗎？」

沒錯。雖然形狀有些歪七扭八，但那無庸置疑是飯糰。熱騰騰的白飯捏成（勉強可稱為）三角形，包上海苔。

不過，遙子臉頰流下一道汗水。理由很單純，因為每個飯糰都超級巨大，大到即使把手掌撐到最大也無法一手掌握的地步。

「來，請享用吧！」

十香露出滿面笑容說道；遙子僵著臉苦笑。

然而相反地，龍雄則態度爽朗地雙手合十。

「哎呀，真是周到。我要開動——」

「喂，龍仔。」

「咦？怎麼了，小遙？」

龍雄目瞪口呆地問道。搞什麼啊，這傢伙真是可愛耶。遙子不禁如此心想，但現在可不是想這種事情的時候。她把臉湊近龍雄的耳朵，小心不讓十香聽見地說道：

「我們還不知道這些孩子的身分吧，也不知道飯糰裡加了什麼，隨便吃下肚很危險耶。」

「我覺得……妳想太多了吧。她們看起來不像壞人啊，而且，不吃人家端出來的食物，很沒禮貌吧。」

「呃，那個……不，也對。」

遙子本打算回嘴，但立刻便屈服了。好歹也是老夫老妻了，她很清楚這時候的龍雄出乎意料地頑固。

「我知道了。不過我先吃，可以嗎？」

遙子一本正經地如此說道。她並非以身試毒，只是感覺以龍雄的個性，就算在吃的途中感到有哪裡不對勁，也會繼續吃下去。

然而，龍雄並未察覺遙子的心思，笑咪咪地回答：

「怎麼，妳想先選嗎？小遙妳也有可愛的地方呢。當然可以啊。」

「……嗯，謝謝你，龍仔。」

些許的虛脫感，與遠遠凌駕其上的被誇「可愛」的喜悅交織在一起，遙子露出複雜的笑容。

她清了清喉嚨，重振精神後面向十香。

「我就開動了，十香。」

「嗯！挑妳喜歡的吃吧！」

十香精神奕奕地回答。遙子基於緊張而非嘴饞地嚥了一口口水後，拿起眼前的飯糰，用手掰成兩半確認內餡。

「內餡是……柴魚、鱈魚子、鮪魚美奶滋……包得滿豐富的嘛。」

「嗯！我很猶豫，就決定全部加進去了！啊，不過請放心，我沒有放梅子，那個，呃……感覺很酸。」

說完，十香做出臉皺成一團的酸澀表情……該怎麼說呢，確實如龍雄說的一樣，看起來不像壞人。

話雖如此，遙子依然沒有放鬆警戒。她嗅了嗅確認沒有怪味道後，咬了一口飯糰。

「……好像是……普通的飯糰。」

「怎麼樣！」

「嗯，很、很好吃喔。」

遙子說完，十香的表情瞬間明亮起來。

「是嗎！還有很多喔！盡量吃！」

「謝謝。那我也開動吧。」

龍雄拿起盤子裡剩下的飯糰，大口咬下。

「嗯，好吃。十香，妳廚藝很棒呢。」

龍雄大口大口地吃著飯糰，一邊說道。

實際上，他們今天還沒吃午餐，所以真的肚子餓了。遙子也學龍雄，一口又一口吃下飯糰。

……不過，肚子再怎麼餓也有個限度。十香準備的巨大飯糰足足有六顆，一人得吃三顆大小似乎能遮住整張臉的白飯飯糰，實在不可能全部吃完。龍雄吃完一顆；遙子吃完半顆後，搓揉自己的肚皮。

「呼……多謝招待，我已經吃飽了。」

「……！」

遙子如此說完，十香卻瞬間瞪大雙眼，隨後一副垂頭喪氣的表情。

「這、這樣啊……吃飽了啊……嗯，吃飽的話也沒辦法……」

「「唔……」」

遙子與龍雄見狀，同時屏住呼吸。不知為何，看見十香那副表情，感覺自己好像做了什麼壞事一樣。

「沒、沒有啦，呃……我再吃一點好了。」

「啊哈哈……說得對。其實我也想再吃一點。」

「……！」

兩人說完，十香露出與剛才截然不同的喜悅神情。如果她有尾巴，肯定搖到快斷掉了吧。

「是嗎！嗯！那個，我覺得，這樣很好！」

「…………」

聽到這番話，實在難以拒絕。遙子和龍雄對彼此苦笑後，再度吃起盤子上剩下的飯糰。

──然而，十幾分鐘後。

「嗚噗……」

「呼……」

再怎麼勉強自己塞進嘴裡，胃的容量就只有這麼大。結果，遙子與龍雄兩人吃了兩顆半的飯糰後到達極限，仰倒在沙發上。

「！士道的父母啊，你、你們還好嗎！」

十香憂心忡忡地探頭看。不過，遙子與龍雄只能虛弱地揮揮手。

◇

「趕上了……真的很感謝你，五河同學。等我找到有錢老公，再邀請你來家裡做客。」

「不、不勞您費心了……」

士道將小珠送達派對會場後，鄭重地拒絕她的謝意，點頭行了禮，再次在路上奔馳。

比想像中還要費時，這下得加緊腳步了。

「那些精靈可千萬要給我安分一點啊……！」

士道懇求般脫口而出，並且蹬地一路向前進。

不過就在這時，前方的號誌燈剛好紅燈亮起。士道不耐煩地原地踏步，等待綠燈亮。

於是——

「嗨，五河，你在這裡幹嘛？」

突然有人出聲攀談，士道回頭望向後方。原來是同班同學殿町宏人微微舉起手站在那裡。

「呃！」

「喂，你那是什麼反應啊。」

「……喔喔，抱歉。不小心洩露真心話了。」

「你也稍微敷衍或掩飾一下可以嗎！」

殿町喊得破音了。不過，這是他們平時對話的方式。殿町聳聳肩，朝他努了努下巴。

「算了。你來得正好，要是有空就陪我一下吧。附近開了一家新的遊樂場，我想去逛逛。」

「抱歉，今天不行。我有事。」

「什麼！」

號誌轉換的同時，士道打算奔離現場。然而那一瞬間，殿町卻一把抓住他的手臂，強制他停下腳步。

「喂、喂，你拉我幹嘛？我在趕時間啦。」

「你說有事，是跟女孩子有關嗎？」

「……才不是。」

「少來了！為什麼突然說話變得那麼簡短！開什麼玩笑啊，混帳！為什麼只有你生活過得這麼精彩啊！」

「我、我哪知啊！少廢話，快點放開我！不趕快的話，事情就大條了！」

「才不要咧！你今天要跟我過一個沒有女人滋潤的假日！」

「啊啊，真是的，今天到底是走了什麼霉運啊～～～～～！」

面對比其他人麻煩三倍來糾纏自己的殿町，士道大喊。

◇

「唔嘔……有點吃太撐了呢。」

「哈哈……以前可以吃更多的耶。」

吃得快撐破肚皮而虛脫的遙子與龍雄並肩躺在寢室的床上。

順帶一提，十香將兩人吃剩的飯糰一掃而空……也難怪十香會一副垂頭喪氣的樣子，以她的基準來思考，遙子與龍雄看起來只是吃沒幾口就剩下了吧。

「你、你們還好嗎，呃，士道的父親與母親？」

「……勉強自己會傷身喔。」

此時，有兩道聲音對在床上休息的兩人說道。循聲望去，便看見兩名個頭嬌小的少女站在那裡。一名少女左手戴著兔子手偶，看起來很溫柔的樣子；而另一名少女則是臉臭得像有人欠錢不還似的，眼神不悅地瞪著遙子夫妻倆。

記得她們的名字好像叫——四糸乃與七罪。兩人繼十香之後出現，照顧遙子與龍雄。

「……嗯，沒事。」

「嗯，只是有點吃太撐了……」

遙子與龍雄回答後，兩人鬆了一口氣。

遙子看見兩人的反應，也稍微放鬆緊繃的神經。龍雄說的不錯，剛才的十香和這些女孩看起來確實不像壞人。

「妳們是叫……四糸乃跟七罪嗎？妳們應該是小琴……不對，是琴里的朋友吧？」

遙子詢問後，四糸乃與七罪點頭點得有些含糊。

「是的……琴里很照顧我們。」

「哦……是嗎？那孩子跑到哪裡去了？感情再好，也不該讓朋友看家吧……」

「呃、呃，不是這樣的……」

面對遙子的問題，四糸乃回答得語無倫次，一副想辯解卻又有難言之隱的樣子。

於是，七罪將手輕柔地搭在四糸乃的肩上，好讓她心情平靜下來。

「七罪……？」

「……沒關係，等我一下。」

七罪如此說完，留下四糸乃，離開寢室。

數十秒後，一名少女從方才七罪消失的門走了進來。

剎那間，還以為是七罪回來了——然而，並非如此。

「喔～～！爸爸、媽媽，你們回來啦～～！」

「……！小琴！」

「琴里！」

遙子與龍雄不禁高聲說道。不過，這也是理所當然的事。用白色緞帶綁成雙馬尾的髮型與一雙圓滾滾的眼睛，出現在那裡的無庸置疑就是他們夫妻倆的女兒，五河琴里。

「什麼嘛……原來妳在家啊？那怎麼不早點出來？」

「對不起喔～我有點事。不過，我可沒有光讓朋友留下來幫我看家喔。」

說完，琴里莞爾一笑。

從剛才開始，一堆莫名其妙的狀況接踵而來，看見熟悉的女兒登場，遙子和龍雄暫時鬆了一口氣。

「嗯……我們回來了，小琴。」

「啊啊……好久不見了呢，琴里。真的很抱歉，在妳生日的時候沒辦法回來。」

說完，龍雄臉色愁苦地慢慢坐起身，張開雙手想將琴里擁入懷中。

目睹這熟悉的光景，遙子笑逐顏開。因為每次回國時，兩人一定會上演「琴里～～！」「爸爸～～！」然後緊緊相擁的戲碼。

然而──

「你……！你要幹嘛啊～～！」

就在龍雄正要擁抱琴里的瞬間，琴里滿臉通紅，踹向龍雄的肚子。

胃被剛才超巨大的飯糰撐得像顆皮球的龍雄面對突如其來的衝擊，發出「唔呃！」的痛苦叫聲。

「龍、龍仔！小琴！幹嘛踢妳爸啊！抱一下而已，你們不是每次都愛玩這招嗎！」

「……！啊，不，這是，我……」

聽遙子這麼說，琴里語無倫次地回答。看來是反射性出腳的樣子。

「唔、唔……」

龍雄摀住嘴巴，強壓住一湧而上的嘔吐感。於是，在琴里與龍雄旁邊驚慌失措的四糸乃高聲說道：

「請、請等我一下，我去拿藥過來……！」

說完便發出「啪噠啪噠」的腳步聲離開房間。

「呃，我……」

單獨留在現場的琴里一臉尷尬地搔著臉頰，望向龍雄。

「爸爸，對不起。因為太突然了，我嚇了一跳……」

「沒……沒關係啦……」

龍雄做出嚥下嘔吐感的樣子後，露出虛弱的笑容。

「妳也已經十四歲了嘛……不可能永遠都是個孩子。嗯……嗯……也對，我早就想過這一天遲早會來臨。爸爸沒事的。」

「龍、龍仔……」

「只是，不知道為什麼，眼前的景色變得有些模糊……」

說完，龍雄面朝天花板。想必是怕眼淚掉下來吧。

上次見到他這副模樣是琴里不再跟他一起洗澡時，還有幾年前的聖誕節，他得知琴里已經發現聖誕老人的真面目時。

「呃，那個，我不是這個意思……」

琴里有些困擾地搔了搔臉頰。

這時，走廊正巧傳來腳步聲。隨後，四糸乃端著盛有水杯和藥的托盤走進房間。

「讓、讓您久等了……！」

「素糸奈到房服務～」

兔子手偶與四糸乃一搭一唱地說著。大概是因為用嘴支撐著托盤，聲音有些含糊。多麼細膩的表現啊。

「呀！」

不過或許是太著急了，四糸乃中途腳底打滑，手上的托盤飛向空中，藥品散落——

「唔哇啊！」

水杯裡的水淋了遙子一身。

◇

「呼……！呼……！真是的，費了我好大的工夫……」

士道氣喘吁吁地奔馳在馬路上。

好不容易說服（具體而言是用購物袋中的一包蟹腳收買）糾纏不清的殿町是很好，但在兩人追趕跑跳蹦的期間，又離自家更遠了。

為何不幸的事情偏偏挑在這種時候接二連三地發生啊？如果有命運之神，現在肯定在天上指著士道捧腹大笑吧。

不過，總不能半途而廢。若是在此時停下腳步，父母可能會不斷聽見精靈們脫口而出的毫無惡意的壞話（矛盾）。

士道自從協助〈拉塔托斯克〉作戰後，就經常因為鬧烏龍而受到同學和鄰居誤會……所以他萬萬不想被自己的父母誤解。

士道打從心底尊敬、信賴一手拉拔自己這個養子長大的雙親，因此他無論如何都想避免他們把自己當作大小通吃的性罪犯預備軍看待。

不，他們善解人意，即使聽說了兒子的女性關係（誤解），肯定也不會不分青紅皂白地斥責或謾罵，只會擺出有些困擾的表情對他說：「哈哈……這、這樣啊，畢竟士道也是個男孩子嘛。可是，必須好好對待女生才行喔。」

而且，精靈的存在是祕密，無法說明原委。龍雄與遙子的心中將懷抱著兒子突然變成花花公子的疙瘩返回美國。太慘了。不知道下次該以什麼樣的表情面對他們兩人才好。

「得快點趕回家……！」

士道從喉嚨擠出聲音，提高速度。

然而——

「……！」

他卻突然緊急剎車。

因為前方發現熟悉的三人組背影。

從左邊照身高排列的同齡少女——山吹亞衣、葉櫻麻衣、藤袴美衣。士道班上的三名聒噪女孩。

只是同班同學走在前面而已，跑過她們身邊就好。

不過……不知為何，士道有種強烈的預感，覺得不能讓那三人發現自己的蹤影。

「…………」

士道一語不發地轉向後，壓低腳步聲走向小巷子。雖然會浪費一點時間，但是從這裡繞道，應該馬上就能通到同一條路。

然而——

「唔唔！老爸，好強的妖氣！」

「怎麼了，鬼太郎！」

「啊！後面！五河同學一臉心虛地在走路！」

「──什麼！」」

「唔……！」

三人一個接一個轉過頭。士道肩膀一顫。

「啊！逃走了！」

「果然有鬼！」

「大夥兒，上啊，上啊～～！」

亞衣、麻衣、美衣以超凡的反應速度轉身奔跑。士道聽著背後傳來的腳步聲，放聲吶喊：

「妳們幹嘛追上來啦～～～～～～！」

◇

「……啊～～……」

遙子聽著自己被牆壁反射回來的聲音，將身子浸泡在浴缸中。

四糸乃剛才潑了她一身水，對她說：「可不能讓身體著涼了。」便帶她來浴室泡澡。

不過反正她正好想把汗水洗掉，這個提議倒是挺令人慶幸的。真要說的話，安慰淚眼汪汪不斷道歉的四糸乃還比較累人。

「話說回來……」

那群孩子到底是什麼人啊？

遙子望著結水珠的天花板，思考著這種事。

四糸乃與七罪的確與琴里年齡相仿，但其他少女怎麼看都是高中生——與士道同齡。

當然，別說女友了，連個女生朋友都沒帶回家過的士道，遙子實在不認為他會金屋藏多嬌（而且個個美得驚人）。

然而，遙子的腦海閃過一個想法。她猜測士道之所以在電話中如此驚慌，搞不好是不想讓他們夫妻碰見那些女孩。

「……好。」

她沒有打算質問士道。若是靦腆的士道有女性朋友，遙子也感到十分開心。

只是以遙子的個性，受不了自己好奇的事情充滿疑慮，必須問清楚那群女孩跟士道、琴里的關係才行。

遙子毅然決然地輕輕點頭後，離開浴缸好清洗身體。

就在那一瞬間。

浴室的門應聲而開，隨後剛才壓制遙子與龍雄兩人的雙胞胎光著身子，只圍了一條浴巾就走了進來。

「八舞不請自來！」

「登場。喝啊！」

「什、什麼！」

雖說是同性，但在洗澡時突然闖進來還是會令人嚇一跳。遙子全身僵硬。

於是雙胞胎——記得名字是叫耶俱矢和夕弦的樣子——不知為何擺出超級帥氣的姿勢，出聲說道：

「呵呵呵，由本宮來淨化汝那千里迢迢而累積的汙穢吧！」

「翻譯。由夕弦兩人來幫您刷背吧。」

「喔、喔……」

與其說是表示理解，不如說是被她們的氣勢震懾而頷首。於是，八舞姊妹讓遙子坐在浴室椅凳上，用洗澡海綿讓沐浴乳起泡。

然後兩人並肩坐在遙子的背後，輪流幫她刷背。

「呵呵，如何？吾等八舞的合體技，旋天水龍波。沉醉於無比幸福之時刻便可！」

「確認。有哪裡癢嗎？」

「啊啊……嗯，沒有。」

有人幫忙洗背這件事本身是很舒服啦，但以她們進來幫遙子刷背的這個前提下來討論，遙子實在無法理解她們的行為。她神情困惑地搔了搔臉頰。

於是，大概是察覺遙子的心情，耶俱矢和夕弦開始在她背後竊竊私語。

「……奇怪，她好像不怎麼開心耶。說到待客之道，我認為這是最強的啊……」

「首肯。看起來確實不怎麼開心，反而是感到困惑的樣子。」

「這就怪了……之前幫士道刷背的時候，他害羞歸害羞，還是很興奮的。」

「思索。是男女的不同嗎？如果幫父親刷背，或許會有效果。」

「唔～～……可是，我不是很想幫士道以外的男人刷背呢……」

「同意。這倒是沒錯。」

「而且看看美九，感覺對女人應該也有效果。」

「深思。也許是用錯方法了。」

「這樣啊。啊，那試一下這個方法吧，從背後這樣。」

「理解。用胸部頂人是吧。耶俱矢做起來似乎有難度，讓夕弦來吧……」

「妳、妳這話是什麼意思啊。」

「說明。耶俱矢在胸部頂到之前，下巴就會先碰到。」

「少、少瞧不起人了！我也是有點料的啦！」

「提議。那麼左右同時進攻吧。」

「誰怕誰。一、二……」

「等、等一下！」

要是繼續沉默下去，恐怕會打開新世界的大門。遙子連忙回頭制止兩人。

不過，有比這更令人在意的話出現在她們的對話中。遙子臉頰流下一道汗水，來回望向兩人的眼睛。

「我說……剛才妳們是不是有提到士仔……士道？」

她說完，耶俱矢與夕弦看了彼此後，點頭表示肯定。

「嗯，是有提到。」

「確認。有什麼問題嗎？」

「咦，呃，問題在於……妳們有跟士仔一起洗過澡嗎？」

遙子戰戰兢兢地問道。於是，兩人看見遙子的反應後擺出「咦？難道這話不應該說嗎？」的表情。

「好、好了，看來汗垢都沖乾淨了。」

「贊同。夕弦兩人該告退了。」

「啊，等、等一下！」

即使遙子大喊挽留，八舞姊妹還是手腳快速地離開浴室。

「好了……」

遙子去洗澡後約三十分鐘。躺了一會兒，肚子舒服一點的龍雄慢慢從床上坐起來。

「啊……已經不要緊了嗎？」

「千萬別勉強喔～」

在床邊守候，照顧龍雄各方面需要的四糸乃與左手的手偶（好像叫「四糸奈」）對他說。

「嗯。多虧妳們拿來的藥。」

「啊，啊唔唔……」

龍雄說完，四糸乃一臉抱歉地聳起肩。龍雄說的這句話並沒有其他意思，但四糸乃似乎是想起剛才的失誤。這孩子想必心地很善良吧。

龍雄面帶微笑表示自己沒放在心上後站起來，走向走廊。

「……你……您要去哪裡？」

像是突然想起來而改成敬稱的是站在四糸乃旁邊的七罪。在琴里說想起有事情要辦而離開後，她變回自己，再次回到寢室。

「喔喔，小遙差不多該洗完澡了，我想說先幫她準備好換穿衣物。」

「！啊……對喔。我來準備。」

四糸乃如此說道。龍雄揮了揮手。

「謝謝，可是沒關係。而且小遙不喜歡提著大包小包的行李走路，今天也只帶最起碼會用到的東西而已。當然，睡衣有留在家裡，但反正時間還早，我想說借一下士道的居家服來穿。」

「啊……原來如此。」

「那麼，讓我們帶你去士道的房間吧～～！」

「四糸奈」精神百倍地揮著手說道。

「是嗎？那就拜託妳們好了。」

這裡是五河家，龍雄當然知道士道的房間在哪裡……但他還是面帶微笑點頭答應。難得人家一片好心，接受也不會少塊肉。

「就是……這裡。」

「……嗯。」

四糸乃和七罪走在龍雄前面，來到走廊，走上樓梯。龍雄跟著兩人嬌小的背影走上二樓。

「請、請進！」

「……到了。」

「嗯，謝謝。」

然後在兩人的催促下，打開士道的房門。

久違進入兒子的房間，房間的景物幾乎和龍雄記憶中的一模一樣。房間整理得有條不紊，打掃得乾乾淨淨，充分顯示出士道一絲不苟的個性。

老實說，比龍雄與遙子目前在美國住的公司宿舍還要乾淨。龍雄苦笑著打開衣櫃。

結果——

「嗯？這是……」

翻找衣櫃看有沒有運動服或其他衣服的龍雄發現了某樣東西，停下了手。

◇

「啊啊……！真是的！她們到底是怎樣啦……」

士道好不容易甩開沒來由追著自己的亞衣、麻衣、美衣後，用衣袖擦拭額頭的汗水。

季節已是冬天，卻因為從剛才便在街上四處奔走，跑得滿身大汗。

……不，正確來說，這些汗水不單單是運動引起的。每當時間一分一秒流逝，緊張感便在士道的心中逐漸蔓延。

「慘了……真的完蛋了……這裡，是城鎮的哪個方向啊……？」

士道發出虛弱的聲音，環顧四周。在逃離三人組的期間，跑到陌生的街道迷路了。

「總、總之，先出去大馬路吧。」

雖然不確定前進的方向是否正確，但總不能裹足不前吧。士道隨便猜個方向後邁步奔馳。

不過，前進了幾百公尺後，他不禁停下腳步。

「…………」

他當然十分清楚自己沒有閒暇如此悠哉。

可是，通往左手邊的小巷裡有令人十分在意的光景映入眼簾。

位於那裡的，是一名士道再熟悉不過的少女。一頭烏黑的髮絲與如白瓷般的肌膚，長長的瀏海蓋住左眼，突顯出嘴角浮現的邪魅笑容。

——時崎狂三，過去出現在士道等人眼前的「最邪惡精靈」。

她好像拿著某樣東西擺出前傾姿勢，與在巷弄角落的一隻大虎斑貓對峙。

「終於找到你了呢，這一帶的老大——通稱虎丸？」

狂三露出狂妄的微笑，伸出手後，被稱為虎丸的貓咪便「喵喔～～」地發出威嚇的叫聲。

「呵呵……果然沒那麼容易馴服。不過，這樣才有意思呀。」

狂三如此說完，打開手上袋子的袋口，把袋子裡裝的東西撒在地上——看來，似乎是貓糧的樣子。

虎丸耳朵顫了一下，踏著緩慢的步伐靠近飼料，狼吞虎嚥地吃了起來。

於是半晌後，吃著飼料的虎丸突然酩酊大醉般搖搖晃晃，毫無防備地露出肚子，躺在地上。

「嘻嘻嘻，嘻嘻嘻嘻嘻嘻！上當了吧！這是加了木天蓼的特製貓糧！」

狂三發出尖銳的笑聲後屈膝蹲下，開始撫摸虎丸的肚子。虎丸的反應與剛才截然不同，舒服得喵喵叫。

「嘻嘻嘻嘻嘻嘻！這下子這座城市令人注目的地頭貓就全都降於我麾下了。這座城市的貓咪全都——」

這時，狂三大概是察覺到來自背後的視線，只見她猛然回頭望向後方。

與士道四目相交。

「…………」

「…………」

沉默了數秒。

「……士道，你從什麼時候就站在那裡了？」

「沒、沒有啦……我剛經過。再見……」

感覺不應該繼續待在這裡。士道佯裝成剛才什麼都沒看見的模樣，打算離開現場。

不過下一瞬間，狂三一把抓住他的肩膀不讓他前進。

「不是的。」

狂三以莫名冷靜的聲音說道。太過冷靜，令人感到有些毛骨悚然。

「要是讓人誤會可就傷腦筋了。完全不是你想的那樣。」

「咦？呃，我是怎麼想的……」

「你該不會以為我用這包添加了木天蓼的特製乾飼料來平定爭地盤的野貓，企圖在這裡建立地上樂園．貓咪的安居地．時崎王國吧。」

「不，我沒這麼想……」

「但你誤會了，不是這樣喔。聽好嘍，我一五一十地說明我剛才之所以會做出那種舉動的原

添加木天蓼
乾乾貓飼料
Masshigu

因——」

「那、那個，狂三？」

士道想提高音量，但狂三似乎完全沒在聽他說話。

◇

遙子走在走廊上，用浴巾粗魯地擦拭濕髮。

「……嗯～～」

她皺起眉頭，歪了歪脖子。雖然泡了澡，身體變暖，也洗去汗水……但心裡還是累積了比洗澡前更多的異樣感與疑問。

「士仔……在我們不在的時候，發生什麼事了嗎……？」

遙子自言自語地呢喃。沒錯，八舞姊妹在浴室裡的發言令她十分在意。

當然，只要士道沒有親口承認，真相就尚未浮出檯面……是不是該跟龍雄商量一下比較好？

遙子思考著這種事情，走進客廳後，便看見龍雄坐在沙發上。

不過，感覺不對勁。龍雄的表情看起來似乎跟遙子一樣五味雜陳。

「龍仔？」

「喔喔，小遙……澡泡得怎麼樣？」

「嗯，很舒服喔。話說，是你幫我準備衣服的吧？謝謝你。」

遙子身上穿著士道的運動服，一邊說一邊抓著衣角。當她洗完澡時，這件運動服就跟她要換穿的內衣褲一起放在更衣處。

「喔喔……嗯。」

然而不知為何，當遙子說完這句話的瞬間，龍雄的表情變得更難看了。

「怎麼了嗎？」

「嗯……其實……」

當龍雄正想說話時——

客廳卻響起一道朝氣蓬勃的聲音：

「出乎意料的第二次開店，Salon de MIKU～～！」

搶在龍雄開口說下一句話前打斷兩人的對話。

「什……什麼？」

兩人滿頭問號地望向聲音來源後，便看見一名身材高挑的少女——美九站在那裡。奇妙的是，分明應是初次見面，卻覺得她的長相很眼熟，聲音很耳熟。

美九可愛地微微一笑後，接著說：

「那麼～～達令的父親大人和母親大人，舟車勞頓很疲累吧～～」

「達、達令？」

即使遙子發出變調的聲音，美九依舊充耳不聞。

「不過，人家來了你們就放心吧！人家會用馬殺雞讓你們全身舒暢輕盈，快活似神仙～～」

她一邊說一邊拍了拍手。於是，剛才招待兩人吃飯糰的少女十香從美九的背後出現。果然有種大型犬的感覺。

「好了，那人家負責按母親大人，父親大人就麻煩十香妳了～～」

「嗯，了解！」

「聽好嘍～～只要輕輕、輕～～輕地捶肩膀就好了。千萬不要用力喲。妳要是卯足全力，父親大人的肩膀不知道會被妳捶到哪裡去。」

「嗯，我知道了！」

「妳們說的話有點可怕耶……」

遙子臉頰流下汗水說完，龍雄便「啊哈哈」地苦笑。

「好了！父親大人請到那邊去！母親大人請趴到沙發上吧～～」

「咦？喔，好……」

遙子其實有話想跟龍雄說，但輸給對方的氣勢，不情願地趴下。

於是，美九立刻蠢動手指按摩遙子的背。

「哎呀～～挺僵硬的呢～～」

「嗯……」

遙子不禁瞇起眼睛。難怪她會如此誇下海口，的確按得非常舒服。

「力道還可以嗎～～？」

「嗯……妳按得……還滿舒服的……」

不會過輕也不會過重，以恰到好處的絕妙力道準確地刺激肩、背和腰部的穴道。加上工作與旅途勞頓而肩膀僵硬的關係，遙子感覺意識逐漸陷入昏昏欲睡的狀態。

不過——

「……呵呵，呵呵呵呵呵……哎呀～～熟女也不錯呢～～……有種難以言喻的柔軟……」

「……！」

美九臉頰酡紅、呼吸急促地如此呢喃起來，令遙子頓時睡意全消。

◇

「太、太倒楣了……」

士道經歷狂三自顧自地說明——應該說是辯解的轟炸後，步履蹣跚地走在路上。

狂三本來還打算沒完沒了地說下去，好在中途虎丸疑似木天蓼失效而清醒逃跑，狂三也跟著追了過去。

走了一陣子後，總算來到一條眼熟的大馬路。距離父母打電話來已經過了一個小時以上，但或許還趕得及。士道懷抱著一絲希望，打算在腿上施力。

就在這時——

「嗯？」

一群小學生跑過他面前，是在玩捉迷藏嗎？他們不時望向後方並喧鬧著。

數秒後，出現了一名人物追逐那群小學生。是個外國少女，令人眼睛為之一亮的金髮與碧眼是她的特徵，穿著一身與住宅區格格不入的黑色套裝。

「什麼……」

士道看見她的長相後，不禁屏住呼吸。

不過，這也理所當然。因為那個人正是〈拉塔托斯克〉的死對頭DEM Industry的巫師(Wizard)，艾蓮·梅瑟斯。

「快點快點～～我們在這裡～～！」

「大姊姊妳好慢喔～～！」

「還敢說最強～～！」

「可、可惡，看我給你們點顏色瞧瞧……！」

被小學生嘲弄，艾蓮一臉不甘地咬牙切齒。

「唔唔……！」

這時，艾蓮突然按住胸口，當場蹲下。

這怎麼能不令人在意？小學生們憂心忡忡地走近艾蓮身邊。

「妳、妳還好嗎？」

「有哪裡痛嗎？」

「要去醫院嗎？」

「——有機可乘！」

結果艾蓮猛然抬起頭，觸碰一名小學生的肩膀。

小學生們吃驚得瞪大雙眼，一臉不服地嘟起嘴。

「咦～～好詐喔～～」

「這是怎樣啊～～」

「剛才那樣不算吧～～」

「哼……！你們在說什麼啊？一開始說明的規則只有被鬼碰到就換那個人當鬼。要恨就恨自己蠢到被騙吧。」

艾蓮得意洋洋地說道。於是，剛才被碰到的小學生把手交叉在胸前。

「不過，我剛才有喊歐斯K，所以妳沒抓到～～」

「啥……！歐斯K？那是什麼東西！」

「喊歐斯K就可以防止鬼抓人啊。」

「大姊姊妳不知道嗎～～？」

「我反對，你、你們又沒告訴我這個規則。就算真的有導入這種制度好了，憑我的力量，你們的防護根本——」

就在這時，艾蓮發現了士道。

「啊！」

「…………」

她的臉瞬間紅得跟番茄一樣。

士道有種不祥的預感，立刻拔腿就跑，逃離現場。

「等、等一下，五河士道！你是不是誤會了什麼！這是——嗚呀！」

「哇！大姊姊跌倒了！」

「妳沒事吧～～？」

士道不理會從背後傳來的聲音，反而加快了腳步。

◇

「呼～～……呼～～……那孩子是怎麼回事啊……」

遙子好不容易擺脫美九，坐起身子，用手梳理在推拉之間變凌亂的頭髮，一邊嘆氣。

「龍仔你那邊還ＯＫ嗎？」

「啊啊，嗯。反而因為按得太過慎重，只是有點癢而已。」

龍雄按著肩膀一帶苦笑道。遙子見狀，暫且鬆了一口氣。

「那就好……話說，你剛才要跟我說什麼？」

「咦？喔喔……」

遙子說完，龍雄便像是想起什麼似的，把手放在下巴。

「其實我也有些難以理解那意味著什麼。就算士道的房裡有那種東西，我也不清楚他有何用途……」

「咦？你、你在說什麼啊……」

看見龍雄愁容滿面的模樣，遙子的臉龐不禁染上緊張之色。

「那是什麼東西？該、該不會是最近引發話題的毒品吧……」
「不，不是那類物品。只是……」
「只是什麼……？」
「嗯……其實我去找妳的換穿衣物時，在士道房間的衣櫃裡發現——」
龍雄面色凝重地說。
然而——
「爸爸、媽媽。」
兩人眼前突然冒出一名少女的臉，再次中斷了這個話題。
「嗚呀！」
「哇哇！」
遙子與龍雄各自發出尖叫，身體向後仰。
不過，這也是理所當然的事。因為出現在那裡的，是剛才亮出小刀威脅龍雄的少女。
「晚輩問候遲了。其他人沒失禮吧？」
「沒、沒有……還好。」
最失禮的是妳吧……這句話都到嘴邊了，還是勉強嚥了下去。
於是，少女以從剛才粗暴的舉動難以想像的恭敬態度當場屈膝，向遙子與龍雄低頭。

「幸會，容我再次自我介紹——我叫鳶一折紙，正在與士道交往。」

「喔，妳好。妳太客氣了……呃，咦咦！」

聽見折紙順口說出的震撼事實，遙子瞪大了雙眼。

「等、等一下，妳說交往……是指士仔跟妳嗎！」

「是的。」

折紙面無表情地點頭稱是。遙子和龍雄面面相覷。士道這兒子不怎麼跟父母聊這方面的事情，因此兩人並不清楚他喜歡的異性類型……只是萬萬沒想到他竟然會喜歡這類型的女孩子。

遙子與龍雄露出難以置信的表情後，折紙便從懷裡拿出好幾張照片。

「證據在這裡。」

「這、這是……」

遙子與龍雄看向折紙遞過來的照片。

那是夫妻倆的兒子士道與眼前的折紙兩人的合照。

「哎呀？」

不過，有種說不上來的怪異感，令遙子歪過頭。

「呃，折紙？」

「是。」

「這照片……確實有拍到你們兩個，不過位置有點奇怪吧。感覺像是把位在後方的士仔當背景自拍一樣……」

「您多心了。」

「呃，那我問妳……為什麼這張照片士仔沒有看鏡頭？就好像是用事先架好的針孔攝影機拍攝兩人並肩而行的畫面……」

「您多心了。」

「……是、是嗎……」

折紙斬釘截鐵地否定；遙子額頭冒出汗水。翻閱其他照片，感覺也都充滿了莫名的詭異感。

「……嗯？」

遙子在當中發現某張照片，不禁眉頭深鎖。

「怎麼了，小遙？」

大概是發現遙子的異狀，龍雄歪頭表示疑惑。

「嗯，你看這張照片……這是士仔沒錯吧……？」

「咦？我看看……」

當龍雄正要探頭看遙子手邊的時候，一張類似文件的紙張攤了開來，遮住照片。犯人當然是折紙。

「折、折紙？」

「請看這個。」

「這是……」

遙子照她所說望向那張文件——發出「咦？」的一聲。

「結、結婚申請書！」

沒錯。那是只有妻子欄填寫得完美無缺的結婚申請書。而且，還仔細地用紅色把「證人」的欄位標起來，像在催促他們填寫。

「根據日本現行法律，士道還不能結婚。因此，等他滿十八歲後，請爸爸、媽媽務必當我們的證人。」

「等、等一下，突然就要結婚……士道怎麼說？」

「他已經向我求婚了，說他需要我。」

說完，折紙滿臉通紅。遙子與龍雄驚愕得瞪大雙眼。

「妳、妳說的是真的嗎？」

「那個士道……親口跟妳說的？」

「是的。求完婚後粗魯地牽起我的手，給我一個火熱的吻。」

「「什麼……！」」

這行為實在太不符合士道的個性，令兩人張口結舌，一時說不出話。不過，折紙的表情十分認真，看起來不像在說謊。

當遙子與龍雄感到困惑時，折紙將結婚申請書遞給兩人。

「我再次請求——請讓士道跟我結婚。」

「呃，這個嘛……」

「就算妳這麼說……」

聽見由女方向父母求親，遙子和龍雄發出為難的聲音。

就在這一瞬間——

「喂、喂～～！折紙，妳怎麼不按牌理出牌啊！」

客廳的門猛然敞開後，十香帶著其他少女同時蜂湧而入。

「我們不是說好要盡待客之道嗎？」

「這就是我的待客之道。兒子娶到最棒的老婆，沒有比這更令人開心的事了。」

「妳、妳說什麼！」

折紙說的話令十香皺起眉頭。於是，兔子手偶「四糸奈」不停揮動雙手。

「咦咦～～那娶四糸乃也可以啊～～」

「……！四、四糸奈，妳在說什麼……」

「呵呵，說得好，四糸奈。如果此理論正確，那士道最棒的伴侶未必是折紙汝啊。」

「首肯。就算是折紙大師，這一點也不容退讓。雖然我名叫夕弦，但我可不當續弦。」

「就是說呀～～！妳太詐了，折紙！達令是人家的，妳就將就一下，當人家的新娘吧！」

「……呃，這句話聽起來怪怪的耶。」

只有七罪瞇起眼睛吐槽，其他人的情緒則是越來越激動。

「開什麼玩笑！士道……要嫁給我！」

「我不能把士道交給妳這種人。」

「那、那個……我……」

「四糸乃也要參戰～～！」

「呵呵呵！本宮佩服汝之膽量。不過，士道早已名草有主了！」

「應戰。他是夕弦與耶俱矢的共有財產。」

「人家想到一個好主意了～～！大家都當我的老婆就沒問題了～～！」

「……我是無所謂啦……」

「喂，妳們……」

「大家冷靜一點——」

即使遙子與龍雄出聲阻止，少女們依舊吵吵鬧鬧，鬥起嘴來。

◇

「終於……到家了……」

接到父母打來的電話不知過了多久，士道總算回到心心念念的家。

由於一路奔跑，導致整個人精疲力盡……不過，甩開艾蓮倒是不費吹灰之力就是了。

但接下來才是難關。士道調整呼吸，轉換心情。

因為沒有聯絡方法，不曉得那群精靈跟父母都聊了些什麼。所以必須盡速理解現狀，想辦法掩飾自己與精靈們的關係，而且不能提及「精靈」這個詞。

「……太難了。」

士道眉頭深鎖，搔了搔頭。明顯有特殊理由，卻無法說明來龍去脈，要如何蒙混過去也毫無頭緒。

不過若是裹足不前，情況只會越來越壞。士道毅然決然地打開玄關。

「我回來——」

「「————————！」」

不過，士道的問候卻被從客廳傳來的聲音掩蓋。聽起來像是一群人在吵架的樣子。

「該、該不會是……」

士道有種不祥的預感，連忙脫鞋，跑向客廳。

結果一開門便看見一對熟悉的男女連滾帶爬地逃出客廳。

「爸、爸，媽！」

士道不禁大喊。沒錯，他們便是這個家的主人，五河龍雄和五河遙子。

「士、士道！你回來啦……」

「喂，我問你！那群孩子到底是誰啊！說要跟你結婚什麼的，究竟是怎麼回事！」

遙子指著客廳大吼。

士道朝她的指尖所指的方向望去，便看見精靈們聚在一起吵得不可開交的光景，眼看著就要扭打起來。

「那、那群傢伙……」

士道苦著一張臉，按住額頭。雖然不知道發生了什麼事，但他馬上便理解到至少雙親對她們沒留下好印象吧。

「唔……」

無法使用「精靈」這個詞彙，就算向他們解釋，他們應該也不會相信。

不過，士道甩了甩頭，目不轉睛地盯著父母的眼睛。

「……爸、媽，聽我說。」

「……？」

「士仔……？」

大概是感受到士道認真的態度，龍雄與遙子回望他的雙眼。

士道微微點了點頭，繼續說：

「我先跟你們道歉……對不起，沒有告訴你們那些傢伙的事。」

「是沒關係啦……不過，那些孩子跟你是什麼關係？」

遙子一臉疑惑地問道。士道緊咬雙脣，搖頭回答：

「……抱歉，我……不能說。」

「不、不能說是什麼意思？」

「真的……很抱歉，我無論如何都不能說。我明白自己說的話有多荒謬，也自知你們把我拉拔長大，我這樣非常不孝。可是……拜託你們，不要討厭她們。」

「就、就算你這麼說……」

「拜託你們。她們可能做了一些白費功夫的事情，給你們添麻煩，但她們真的都很善良。她們全都是……我重視的人！」

「士、士仔……」

遙子露出困惑的表情。於是，龍雄溫柔地摟住遙子的肩膀。

「龍仔……」

「有什麼關係嘛，小遙──士道都說到這個分上了，肯定有什麼不得已的苦衷吧。」

「可、可是……」

遙子一臉不安地將眉毛皺成八字形。龍雄對她微笑道：

「而且啊，我有點開心呢。」

「開心……？」

「嗯。因為這是士道第一次對我們提出任性的要求。」

「啊……」

遙子瞪大雙眼，來回望向龍雄與士道的臉──然後胡亂搔了搔頭髮。

「……唉，受不了。無法說明原由就算了……但你要正式介紹她們給我們認識喔。」

「……！媽媽！」

「……你都說到這個分上了，我總不能不相信自己的兒子吧。」

遙子有些難為情地移開視線說道。那副模樣與琴里有幾分相似。

「……？」

就在這時，士道抬起頭。因為剛才還吵鬧不已的爭執聲戛然而止。

往客廳的方向望去，發現所有人正注視著士道他們……看來是聽見了士道方才說的話。士道有些不好意思地挪開視線。

於是——

「……啊～～不好意思在你們感動的時候打擾你們。」

此時背後冷不防傳來一道耳熟的聲音。

循聲望去，便看見妹妹琴里不知何時背靠著牆壁站在那裡。

「琴里！原來妳在喔！」

「我剛回來。家裡鬧哄哄的，我還以為發生了什麼事呢——爸爸、媽媽，歡迎你們回來。」

說完，琴里向龍雄和遙子揮了揮手。於是，兩人一臉納悶地歪過頭。

「歡迎我們回來……」

「剛才不是已經見過了嗎？」

「咦？」

琴里聞言，一雙眼睛瞪得圓滾滾的，但她立刻反應過來，望向七罪。七罪肩膀一震，躲在四糸乃身後。

「……哎，算了。話說，我想先向你們說明……」

說完，琴里指向十香她們。

「——她們是精靈。」

然後乾脆爽快地把士道一心隱瞞的事實告訴兩人。

「什……！琴、琴里！」

士道不禁發出變調的聲音。這也難怪，畢竟精靈的存在不能公諸於世。理照說不能將這個情報洩露給相關人員以外的人知道，即使是親人也不例外。

然而，聽見這個事實的兩位當事人卻——

「啊……原來是這樣啊。」

「原來如此……」

一副豁然開朗的樣子。

「啥……？呃，這是怎麼回事？」

士道困惑地來回望向父母與琴里的臉。

經過數分鐘。

讓精靈們回到公寓後，客廳裡只剩下五河家的成員。

「──爸爸和媽媽是〈拉塔托斯克〉的機構人員？」

突然聽見震撼的事實，士道發出哀號般的聲音。

「正確來說，是〈拉塔托斯克〉的據點〈亞斯格特〉電子公司的職員，開發我們所使用的顯現裝置，製造出〈佛拉克西納斯〉的也是兩人的團隊，所以那艘艦艇就某種意義而言，可以說是我們的妹妹吧。」

坐在沙發上的琴里豎起口中含著的加倍佳糖果棒如此說道。同時，龍雄與遙子「啊哈哈」地笑道：

「咦，我沒說過嗎？」

「我還以為你鐵定知道呢～～」

「我哪知道啊！是說，既然如此，你們為什麼沒有察覺她們是精靈啊？」

「嗯～～關於你的問題，我也是第一次親眼看見精靈嘛。」

「沒錯、沒錯。因為說是『精靈』，我想像的是那種小小隻，像妖精一樣的形象。」

說完，兩人悠悠哉哉地笑了。士道感覺身體像洩了氣的皮球一樣無力。

「那我……是為誰辛苦為誰忙啊……」

他嘆了一大口氣，同時趴在桌上。兩人見狀，笑得更開心了。

「不過……話說回來，幸好你跟精靈們似乎相處得很融洽。」

「就是說啊。雖然有許多不安……看樣子是沒問題了。」

「嗯。吵架自然是不好，不過那也代表她們有多喜歡士道吧。」

「突然拿出結婚申請書，還是會大吃一驚啦。」

龍雄和遙子點頭說道。

「爸、媽……」

士道聞言，全身虛脫地鬆了一口氣。

不論過程如何，總算讓父母認可精靈了，這令士道無比歡欣。

不過，開心也只是一時的。

「……然後，我要跟你談另一件事，士仔。」

遙子突然降低音調，從口袋拿出一張照片。

「這是你吧……究竟是怎麼回事？」

「咦？這是……噫！」

士道探頭看照片，抽搐似的喘不過氣。

不過，這也是理所當然的事。因為照片上拍到的人是妝容精緻的士道女裝的模樣「士織」。

「你、你們怎麼會有這張照片……！」

「剛才跟一個叫折紙的女孩借的……所以，這是怎麼回事？」

「不、不是，照片上的人……才不是我！是學校一個長得跟我很像的……」

士道滿頭大汗試圖辯解時，龍雄像是想起什麼似的「啊」了一聲。

「對了，我剛才去找小遙的換穿衣物時，在衣櫃裡發現女生制服……」

「……！」

士道雙眼圓睜。他的確不知道該把女生制服收到哪裡，不得已只好收到衣櫃……沒想到竟然會被發現。

「士仔……這是怎麼回事？我並沒有生氣喲，只是希望你解釋一下。是單純有穿女裝的興趣嗎？還是……」

「就是說呀，士道，這沒什麼好丟臉的，我認識的人之中也有人愛穿女裝。這個社會的確對這種人還不夠理解，但我們是你的家人，可以分擔你的煩惱。」

「就說你們誤會了啦～～～～～！」

士道對顯然有什麼誤解的雙親發出哀號。

購屋二亞

HouseNIA

DATE A LIVE ENCORE 9

「磯野～～跟我約會吧～～！」

客廳門打開的同時傳來的是一道精神百倍的聲音。

循聲望去，便看見一名戴著眼鏡的短髮女性單手扠腰，臉上浮現爽朗的笑容——她是居住在天宮市內的精靈，本条二亞。她一身方便活動的褲裝打扮，外加一件色調時尚的大衣，整個人的輪廓看起來倒也有幾分少年模樣。

「…………」

坐在沙發上翻雜誌的五河士道望了二亞幾秒後，視線再次落在雜誌版面上。

「至少給點反應吧，少年！」

二亞一個箭步滑行到士道與雜誌之間。士道輕聲嘆息，同時把二亞的頭推回去，闔上雜誌。

「我又不是磯野……」

「真是的，那就像是開場白的東西嘛～～這裡只有少年你一個人在，看情境也知道吧～～」

「不是啊，我還以為有個只有妳看得見的幻想磯野存在……」

「哦！那你是認為我這個人病得不輕嘍？那麼久沒見了，你很不上道耶～～我戳！」

二亞扭腰擺臀地戳了戳士道的手臂。士道一副很癢的樣子擺脫她的手後，再次嘆了口氣。

「哪有很久，不是昨天才見過嗎？晚餐的番茄鍋，妳吃了好幾碗，可別說妳忘了喔。」

「咦？有這種事嗎？聽你這麼一說，好像是有這麼一回事。哎呀～總覺得在IF世界前前後後待了差不多有十個月……這是為什麼呢？」

「…………」

二亞又開始說一些莫名其妙的話了。不過，感覺不能深入追究。於是，士道清了清喉嚨，改變話題：

「話說，妳說要約會，是有什麼想去的地方嗎？」

「啊～對了、對了。我等一下要出門，但一個人出門好無聊喔，想說來問一下少年你的意見。如果你有空，就陪我出門吧～」

「是無所謂啦……不過為什麼要問我的意見？妳到底要去哪裡？」

士道一臉納悶地問道後，二亞便「嗯呵呵～」地露出意味深長的笑容。

「你去了就知道。不是都說祕密使女人更有女人味嗎？今年的二亞打算走神祕熟女路線，請多指教啊～……啊，我可不是指我有塞胸墊喔。就某種意義而言，那的確也算是祕密啦……哎呀，二亞我剛才是不是妙語如珠呀？哇～！真不愧是創作者，不經意說出來的一字一句都散發著才氣～～！」

二亞自賣自誇地拍了一下自己的額頭。

「……是是是。」

面對二亞這與神祕感相去甚遠的態度，士道苦笑著從沙發起身，準備整裝出門。

然後過了約三十分鐘。

士道跟著二亞來到車站附近的大樓前。

「嗯～～那就選這裡吧。」

「這裡是……」

士道一邊低喃一邊望向那棟大樓——正確來說，是進駐一樓的租戶。

那是一家小店鋪，玻璃門和立式看板上張貼著密密麻麻的物件資訊。掛在入口上方的看板上寫著「天宮房仲」四個字。

沒錯，也就是所謂的不動產業者，專門仲介、販賣物件給顧客。

「怎麼，妳要搬家嗎？」

士道歪頭如此說道。記得二亞住在市內的高樓大廈，自己也曾造訪過幾次，地段和隔間都很棒，並沒有什麼不便的地方。

不過，既然來到房仲公司，就代表要租新房、買房或賣房吧。是發生什麼問題嗎？

正當士道思考著這種事情的時候，二亞故作嫵媚地依偎在士道的肩上。

「嗯哼。沒錯，達令，我們也差不多該為將來做打算，購買一間我倆的愛巢了。我希望至少生四個孩子，能組成本条四天王。我要生～～生一脫拉庫～～」

「呃，今天超市好像有特賣會。」

士道打算快步從房仲公司門口離開時，二亞拚命拉住他的衣袖。

「喂！真是的～～！你最近很冷淡耶。封印靈力前明明那麼積極的～～！把人追到手就失去興趣了嗎！你這個渣男～～！」

「怎麼把人說得那麼難聽！誰教妳一直說些莫名其妙的笑話！」

士道說完，二亞回答：「討厭啦～～你真沒幽默感耶～～」然後嘟起嘴，嘆了一口氣。

「嗯，就是那個啦，其實是書啊、週邊類的東西變多了，如果有坪數更大、地段又好的房子，我想買一間。」

「喔喔……原來如此。」

二亞說完，士道點頭表示理解。二亞的房間的確堆滿了漫畫和玩具，逐漸壓迫生活空間。

但普通人不會單憑這樣的理由就打算買房吧。這當然是因為房價很高，不是說買就能買的東西。

不過，二亞的情況有些不同。因為她是在少年雜誌連載漫畫的當紅漫畫家，本条蒼二。雖然

不知道她具體的資產有多少，但似乎是能隨口說要買房的程度。

「那我們突擊吧～～！」

說完，二亞打開房仲公司的門，疑似裝在門上方的鈴鐺發出「噹啷」聲響。

「歡迎光臨！」

一道朝氣勃勃的聲音傳來，迎接士道與二亞。一名套裝筆挺的女性臉上浮現燦爛的營業式笑容，朝他們行了一個禮。士道反射性地輕輕點頭回應。

「我是天宮房仲的青木，兩位今天要找什麼樣的房子呢？」

「嗯～～我想想喔，最好是在東天宮附近，坪數大一點的。」

二亞手指抵著下巴說道，青木便笑容可掬地點了點頭。

「我了解了，是兩位要住嗎？」

「咦咦～～果然看起來像這樣嗎～～？」

聽見青木說的話，二亞做出感覺有些可愛的動作。

「哎呀～～真傷腦筋呢，沒想到散發出如此濃烈的新婚感。這下子只好結婚了。」

「是是是。」士道隨便敷衍一下，回應青木：

「是一個人要住的。」

「咻～～真～～酷。」

二亞輕輕吹了口哨。青木看見兩人的互動，露出苦笑。

「要找東天宮的物件是吧。預算大概多少呢？」

「這個嘛～～我不太了解行情，這樣夠嗎？」

二亞豎起兩根手指說道。於是，青木手抵著下巴低吟。

「二十萬嗎？這樣的話——」

「咦？啊哈哈，妳在說什麼啊，青木～～那樣哪買得到房子啊～～妳搞錯位數了啦。」

二亞揮了揮手傻笑。

「啊啊……」

於是那一瞬間，青木的眼睛一亮，感覺像在估價般打量了一下士道和二亞……但二亞似乎並未察覺的樣子。

「原來如此……好的，我知道了。」

也許是心理作用，感覺青木用比剛才更公事公辦的態度如此說道，拿出一本類似大資料夾的東西快速翻閱。

「這個嘛，東天宮這個預算的話……應該是這一帶吧。」

然後將一張歸納到資料夾中的紙遞到士道和二亞面前。紙上記載著房間的平面圖和建築物的外觀，以及其他各種資訊。

「呃……我看看，『片向莊二〇一號房』……感覺屋齡很老耶。這是木造公寓吧？在這一帶反而顯得稀奇……」（註：「片向莊」日文為かたむきそう，音同「好像會傾斜」）

「是能讓人感受到歷史風霜的懷舊建築。」

二亞看著資料說道，青木便面帶和藹可親的營業式笑容回答。

「房間格局……這是單間套房吧？」

「去除不必要的隔間，打造出寬闊的空間。」

面對士道的疑問，青木也立刻做出回應。她那無比坦蕩的態度令人瞬間差點以為那真的是一間很寬敞的單間套房……但寫在平面圖旁的房間面積，怎麼看都是三坪程度的大小。

「是說……嗯嗯？這房間的照片，遠近感是不是有點不協調啊？感覺地板好像太斜了……」

「這是設計師以世界著名的建築物比薩斜塔為主題，一手打造的物件。另外，如果在地板撒彈珠，便能目睹像河流般往同一方向描繪軌跡的夢幻光景。」

「原來如此……那不就是傾斜嗎！」

二亞忍不住大喊。不過，青木卻不為所動，只是微微歪了歪頭。

「您不滿意嗎？」

「廢話！妳幹嘛若無其事地介紹瑕疵住宅給我啊！」

「是嗎……那麼這一間如何？」

青木如此說道，又拿出一張紙遞到兩人面前。

「我看看……『野呂割莊四〇四號房』。看起來像是普通的公寓。」

「是啊，坪數好像也比剛才那一間大。」

「嗯。房間內部也很乾淨……嗯嗯？」

二亞看著內部裝潢的照片時，像是發現什麼似的把臉貼近照片。

「二亞？怎麼了？」

「…………呃，感覺這裡，壁櫥的縫隙。」

「咦？」

二亞指出照片的一部分。士道聚精會神地注視那個地方——

「——噫！」

發現有一張長髮女性的臉從壁櫥的縫細凝視著自己，不禁倒抽一口氣。

「喂……！青木！這是——」

「是的。您是一個人入住，所以怕您夜晚寂寞，附了一個吉祥物陪伴您。」

「吉、吉祥物……？」

「是的——啊，只是深夜兩點到四點之間請千萬不要打開壁廚。另外，也不建議在這個房間裡唱童謠，以及調查十五年前的事件。」

「這房間絕對有鬼吧！可以不要介紹凶宅給我嗎！話說看到房子的名字時，我就有不祥的預感了！」（註：「野呂割莊」日文為のろわれそう，音同「好像會被詛咒」）

二亞再次發出哀號般的喊叫聲。於是，青木說：「這間也不行啊……」又從資料夾中拿出房屋資訊。

「那麼……剩下的就是這一間了。『域月鞠莊二〇一號房』，是在車站附近的好地段。」

「不，這一看就很奇怪吧！這個格局是怎樣！別說浴室了，連廚房、廁所都沒有！應該說這空間只夠躺一個人吧！」（註：「域月鞠莊」日文為いきがつまりそう，音同「快要窒息」）

「俗話說，人站著只占半張榻榻米，躺著也不過占一張榻榻米。」

「那是比喻知足常樂的心態，我想不是指物理上的空間耶！這哪能說是房間，根本就是壁櫥吧！」

「有眼光。這是以超人氣貓型機器人的寢室為形象的空間，所有住戶都好評連連，說小時候的夢想實現了！」

「妳其實是傻瓜吧！」

二亞怒吼了一會兒後額頭冒汗，肩膀上下起伏，氣喘吁吁。

「喂～～……妳是怎麼回事啊，從剛才就一直介紹奇怪的物件給我。妳有聽到我提出的條件嗎？」

「當然有。但您並未指定具體的坪數，因此我判斷所謂的『寬敞』是個人主觀的問題。而且您沒有提出房間不要有傾斜、過去不要有連續殺人犯將受害者屍塊藏在壁櫥中這些條件，所以我以為您不在意。」

「通常不會指定這種條件吧！話說，妳順口把十五年前的案件詳情說出來了吧，混帳！」

二亞用力拍了一下桌子，發出哀號般的聲音後，青木便一臉無奈地搖了搖頭。

「就算您這麼說……以客人您的預算，在東天宮最多只能找到這些物件了……」

青木面有難色地說道。「咦？」二亞有些意外地皺起眉頭，望向士道。

「……真的假的？這一帶的地價漲了那麼多嗎？」

「呃，我也不太清楚……」

士道回答後，二亞愁眉苦臉地低吟，嘆了一口氣站起來。

「沒辦法……改天再買吧。想不到……還以為兩億應該夠了喵……」

「唔咳！咳！」

當二亞正要離開店裡時，青木突然劇烈地咳個不停。

「咦，什麼，怎麼了，青木？老毛病嗎？」

「……不是。話說，您剛才說多少錢？」

「咦？兩億啊……」

「……不好意思，請問是什麼單位？黃金嗎？吉爾嗎？該不會是貝里這些虛擬貨幣吧？」

「喂，誰是懸賞人頭啊。當然是日圓啊，日圓，兩萬張福澤諭吉。」

「…………」

青木沉思般沉默了一會兒後，抬起頭望向二亞。

「……聽說自首罪責比較輕喔。」

「欸，我又不是去哪裡搶來的！妳把我看成什麼人啦！」

「不，才沒那回事。我完全沒有把您看成拐騙女性經驗不多的純真小男友，游手好閒的打工族。」

「妳也未免太誠實了吧！我顯然可以投訴妳，但『純真小男友』這個詞莫名深得我心，我就不追究了，可惡！」

二亞潑婦罵街似的說完，青木便清了清喉嚨，轉換心情。

「……總之，看來我之前是誤會了。如果您的預算真的是兩億，物件自然是任君挑選。應該說能購買獨棟房，而非租屋。」

「呃，我從一開始就是這麼打算啊……算了，我也懶得再去找其他房仲公司，有不錯的物件可以先給我看一下嗎？」

「我知道了。那麼這些如何——」

青木畢恭畢敬地行了一禮後，拿出其他資料夾，從中挑選出好幾張資料，攤開在桌上。

◇

「——哼哼哼～～哼哼哼～～……」

廚房傳來輕快的哼歌聲（不知為何是以前機器人動畫的主題曲）和菜刀在砧板上敲出「咚咚咚」的節奏聲。

這些聲音吸引士道走向廚房。於是，他看見裸體穿著綴滿荷葉邊的圍裙的二亞在廚房滿心歡喜地下廚。

「二亞？」

「——哎呀，吵醒你了喵？就快做好了，等一下喔。

……嗯！討厭！……就說等一下了嘛～～你忍不住了嗎？嘿嘿嘿！不愧是少年，真是生龍活虎呢～～不過，那種事要等吃完飯以後再、做、喲♡——好了，趁熱吃吧♡」

「……我姑且問一下，兩位這是在做什麼呢？」

這時，背後傳來疑惑的聲音。士道回過頭，於是看見青木的身影，她一副不曉得究竟發生什麼事情的表情。

不過，這也難怪。若是帶來參觀房子的顧客裸體穿著圍裙玩鬧，任誰都會擺出那種表情吧。

沒錯。青木在那之後介紹了幾個物件給士道與二亞，但不實際看過房子實在難以想像居住的模樣，於是兩人一間又一間參觀房子內部。

然後在看房的時候，二亞突然不見蹤影，到處尋找後——便撞見剛才那幅光景。

士道可不想被當成共犯，猛力搖頭表示否定。

「不，我可什麼都沒有做喔！」

「咦咦～～少年好掃興喔～～難得能看到稀奇的新婚妻子二亞，你就沒什麼感想嗎～～？」

「有！感想超多！首先妳穿的是什麼樣子啊！還有明明發出『咚咚咚』的切菜聲，為什麼做出來的料理是杯麵啊！」

「啊哈哈！為了營造氣氛，倒入熱水的三分鐘期間，用菜刀聲來倒數。怎麼樣啊，少年，很心動吧？早上起床後，新婚妻子裸體穿圍裙準備早餐是全人類的夢想吧。要不然這次換少年你來扮，我付錢。」

「我才不要！」

「咦～～那你不要錢，而是要我用身體支付嘍～～？」

二亞一邊說一邊掀起圍裙下襬。

「喂……！」

きなこ

士道不禁滿臉通紅，挪開視線。

「啊哈哈！別怕、別怕。看起來是裸體圍裙，其實我裡面有穿小比基尼……哎呀？少年你臉好紅喔。害羞了嗎？被二亞我熟女的性感魅力迷得頭昏眼花嗎？」

「妳、妳很煩耶。少廢話，快點把衣服穿起來！」

士道說完，二亞便露出邪笑回答：「啊！哦～……嘿嘿嘿！看來二亞我依舊寶刀未老呢～～」接著跑去穿衣服。

「好了，所以，重點房子如何？」

青木等待二亞恢復正常形態，語帶嘆息地大聲說道。「這個嘛～～」二亞搔著頭，再次環顧室內。

這間獨棟房構造十分奢華。寬闊的走廊、挑高的天花板，家具也一應俱全，隨時都能入住開始生活。起碼與最初介紹的那三個物件等級不同。

「我覺得很棒。浴室豪華，還附有頂樓。」

「多謝讚賞，那麼──」

青木正要從包包拿出疑似契約書的文件時，二亞卻面有難色地皺起眉頭。

「可是啊～～……來的途中坡道有點多耶。身體略微虛弱的二亞我爬得很辛苦呢～～而且房間的格局不適合用來當工作室～～」

「咦！您剛才不是一副十分享受的樣子嗎？」

「沒有啦，剛才那是模擬新婚妻子二亞的情境，漫畫家蒼二則有其他需求。既然要買，我希望有大一點的工作空間，也想要用來看動畫的家庭劇院房，為防萬一，希望同時設置避難所……啊，還有房間要夠多，好讓少年或七果能隨時留下來過夜幫忙趕稿……」

二亞一邊屈指計算一邊提出自己的要求。士道瞇起眼，嘆了一口氣。

「幹嘛若無其事地把我算進助手群裡啊。」

「咦咦～有什麼關係～沒有少年你做的飯，我都沒有力氣工～作～了～」

二亞倚靠著士道的肩膀，發出撒嬌聲。「是是是。」士道隨口敷衍了一下。

青木見狀，露出「雖然不是打工族，但游手好閒、拐騙小男友倒是沒說錯吧……？」的表情，清了清喉嚨，重新打起精神。

「唔……傷腦筋呢。這裡是我們能介紹的物件中算是非常高檔次的房子了。如果這裡您都不滿意，恐怕參觀其他物件也是同樣的結果。」

「嗯～……這樣啊～……」

「除非某些條件妥協，或考慮東天宮以外的地方，再不然——就只能設計理想中的屋子，從頭蓋起了。」

「——蓋房子？」

聽見青木說的話，二亞眉毛抽動了一下。

「是的。雖然要花一點時間，但只要購入土地，在那裡建造符合自己期望的房子，是最實在的做法。若您需要，我可以介紹設計事務所和建築公司給您。」

「喔～～……原來如此啊～～」

二亞眼睛一亮。雖說形式不同，但二亞也是創作者，依照自己的理想從頭打造事物，或許正符合她的個性。

「這主意好耶！身為一個漫畫家，怎麼可以滿足於一棟缺乏個性的待售屋！當然得有紅白條紋，或是廁所裡有鯊魚頭啊！ＯＫＯＫ，就這麼辦吧。也沒有特定的設計事務所和建築公司名單，那就麻煩妳介紹了。哇～～我開始興奮起來了！好，少年！一起打造理想的住宅吧！」

二亞精神奕奕地如此說道，把手放在士道的肩膀上。

◇

「——事情就是這樣！二亞我打算建造一棟房子！」

當天傍晚，二亞在五河家的客廳雙腿大張，手扠腰，高聲宣言。

客廳中除了屋主士道和他的妹妹琴里外，還可看見好幾名少女的身影。

折紙、四糸乃、六喰、七罪、耶俱矢、夕弦、美九，以及十香——沒錯，和二亞一樣受到〈拉塔托斯克〉保護的精靈們齊聚一堂。聽見二亞突如其來的宣言，有些精靈面露驚訝，有些則是興味盎然，雙眸散發出燦爛的光彩。

「哦……真是突然呢。不過，聽起來很有意思嘛。妳打算蓋一棟什麼樣的房子？」

坐在餐椅上的琴里動著嘴裡含著的加倍佳糖果棒說道。

「嗯呵呵！」二亞抿嘴輕笑後，把一大張紙攤在桌上。接著從口袋裡拿出一枝筆，轉了一下（失手掉在地板一次），定格擺出帥氣的姿勢。

「我現在才要開始想。既然要蓋房子，我想說來集思廣益一下。怎麼樣啊，各位？有什麼想要的設備或房間嗎？蓋完後可以自由使用喔～～」

二亞眨了一下眼說道，其他精靈便「喔喔！」地喧鬧起來。

「真的嗎，二亞！什麼都可以嗎？」

「嗯～～當然。妳有什麼想法嗎，十香？」

二亞大大地點頭後，十香便興奮地接著說：

「那麼，我想要一臺大冰箱！我要放一大堆好吃的東西！」

「啊～～好耶，營業用冰箱。我家的冰箱都塞滿了酒。那麼廚房要大一點，才放得下大冰箱……這樣。」

二亞一邊說一邊在紙上描繪廚房的平面圖。她非常隨意地動著原子筆，但也許不愧是漫畫家，畫出來的線條莫名地平順。

「哼～～哼哼～～……好了。」

二亞畫完廚房後，從放在旁邊的塑膠袋拿出一罐啤酒，以流暢的動作拉開拉環，大口大口地喝了起來。

「噗哈～～！真是透心涼啊～～！」

「喂喂，還沒吃晚餐耶。」

「沒關係、沒關係。少年做的飯好吃極了，多少我都吃得下～～……啊，為了讓少年你想來我家做飯，得打造最新的系統廚房才行。瓦斯爐也要用高火力的營業用瓦斯爐，再加上低溫烹調機好了～～啊哈哈，我要慢慢把少年拐到我家～～」

「……！」

二亞笑道，士道不由得抖了一下肩膀。

「……士道，你幹嘛有點心動的樣子？」

「沒、沒有啊……」

琴里瞇起眼睛調侃似的望向士道，士道含糊地苦笑……暗自在心中決定等房子蓋好後，要請二亞讓他試用看看。

「很好很好，那飯廳也順便蓋大一點，好讓大家可以一起吃飯……還有什麼其他意見嗎？」

二亞又喝了一大口啤酒如此說道，這次換四糸乃與戴在她左手的兔子手偶「四糸奈」同時舉起手。

「那個……我覺得之前在電視上看到的天篷床很漂亮……」

「還有那個那個，空間很大的衣帽間！感覺隨時都可以參加城堡舞會的那種！」

「喔！不錯耶！天篷床有種說不出的性感魅力呢。角色扮演服裝買了也不知道該怎麼處理，乾脆蓋一個能展示假人模特兒的空間好了喵～」

二亞在平面圖上加了幾筆。於是宛如潰堤般，其他精靈也接二連三舉手發言。

「呵呵……築城啊？有意思。既然如此，本宮希望備有碎珠之神聖魔槍與生翼之嚆矢。」

「翻譯。耶俱矢說希望有能玩撞球和射飛鏢的地方。既然如此，也同時設個吧檯吧。」

「唔嗯……妾身希望有能賞星的場所。可否在頂樓設置瞭望臺？」

「我都可以……硬要說的話，我想要能放在房間裡的小房子。」

「人家想要能夠盡情歌唱的隔音室～～！既能練習，又能和大家一起唱卡拉ＯＫ，一定很開心～～！」

「──監控室。我想要能放置多臺顯示器的地方，以便同時顯示針孔攝影機拍攝的影像。」

「折紙？妳可以告訴我那是要做什麼用的攝影機嗎？」

每個精靈的意見在四周此起彼落。不過，二亞並未揀選是否有需要，而是回應：「好耶～～！」「採用！」陸續加在設計圖上。

到了這種地步實在令人有些擔心，琴里眉頭深鎖，出言勸告：

「喂，二亞，太超過了吧？全盤接受大家的意見會亂套的，不僅建築物本身的架構會不協調，預算方面也會出問題吧？」

於是，二亞打開第二罐啤酒，「啊哈哈」地笑道：

「沒問題、沒問題！二亞我有的是錢！可別小看當紅漫畫家喲～～雖然不知道要花多少錢，但我都掏得出現金解決！我還嫌不夠呢，再給我多一點新奇的點子！擴大規模！不要侷限於房子這種概念！」

已有幾分酒意的二亞奮力舉起拳頭。結果，其他精靈們也跟著呼應，情緒高漲地大喊：「喔喔～～！」

琴里見狀，無奈地聳聳肩。

「真是的，就會得意忘形。真的沒問題嗎？」

「唔～～……就是說啊。不過，會經過專業設計師的評估，我想應該不會失控到哪裡去吧……保險起見，還是先諮詢過好了。」

士道苦笑著說道，琴里一臉疑惑地歪了歪頭。

◇

「——一兆八千五百億。」

「…………啥？」

數日後，二亞再次造訪房仲公司，聽見青木說的話後目瞪口呆。同行的士道也露出類似的表情。

「……呃，這金額是？」

「就是您新居的土地及建築費用的概算金額。這是根據您前幾天提供的設計圖估算出來的。順帶一提，由於普通的設計事務所和建築公司應付不來，因此委託了大型承包商。」

「…………………………………啥？」

二亞停頓了比剛才還要久的時間後，再次反問。

「……呃，單位是？黃金？倍利卡？還是伽巴斯這些虛擬貨幣？」

「當然是日圓。一億八千五百萬張福澤諭吉。」

「不不不……」

二亞猛力搖了搖頭，往桌子上方探出身子。

「這未免也太～～奇怪了吧！什麼房子那麼金貴啊！就算要賺取暴利，手段也好一點吧！」

不過，二亞的氣勢並未令青木感到退縮。青木拿出一張紙，看向紙面繼續說：

「恕我直言——要在建築用地內打造一座遊樂園的話，需要花費如此龐大的金錢。」

「什麼！」

二亞聞言，發出錯愕的聲音。

「——再加上三星餐廳等級的設備以及十處大廳、以中世紀城堡為藍圖的舞廳、巨大地下帝國、顫慄空間型的緊急避難所、加倍佳紀念博物館、能容納五萬人的巨蛋、ＣＩＡ等級的情報設備、巨型麥哲倫望遠鏡等級的天體觀測裝置……另外，業者詢問這個『地上十層樓尖塔，每層樓各有一名十傑集的成員守候，必須打敗他才能上樓，三樓是損血地板』，具體而言是什麼樣的系統。」

「等……等等等等一下……！」

二亞腦海一片混亂，一把搶過青木手上的紙。

那是二亞繪製的設計圖。掃描數日前在五河家寫下的東西，傳給青木。

紙上確實以二亞的筆跡勾勒出青木剛才提到的設備。小學生的妄想祕密基地也沒那麼誇張的荒謬「新居」。

「我、我畫的是這種東西嗎……？」

二亞臉頰流下汗水，瞥了隔壁的士道一眼。於是，士道垂下視線，點了點頭。

「我有制止過妳喔。」

「真、真的假的……？」

二亞像在挖掘記憶般陷入沉思。因為喝醉了沒什麼印象，但好像有藉著酒意說了一些大話。

什麼啊～大家說的規模都太小了啦～再多說一點；別說隔音室這種小家子氣的話，直接蓋巨蛋了啦，巨蛋；咦？沒問題、沒問題，二亞我窮得只剩下錢～～………嗯，我好像說過這種話。二亞滿臉冒冷汗，抱頭悔恨。

「那麼，您必須先買下東天宮九十公頃的土地才能動工。由於土地會涉及整個住宅區，必須與居民交涉，支付土地費用與搬遷費用——」

「停～～～！妳幹嘛若無其事地把話題進行下去啊！用常識想也知道是痴人說夢好嗎！話說，妳幹嘛死腦筋地去聯絡承包商！一看也知道不可能吧！」

「我是專業人士，接下的工作就必須負責到底。」

「明明就光明正大地介紹瑕疵住宅給我，還敢說！再怎麼樣我都付不出這種天價！取消、取消！」

「是嗎？這樣的話，取消費與估價費總共是一百五十二萬八千圓。」

「妳一開始就是在打這種算盤吧！」

二亞發出變調的聲音，正要一把揪起青木的前襟時，士道連忙制止她。

——之後過了約一小時。經過鍥而不捨的交涉後，總算把取消費和估價費降低到合理金額的二亞和士道精疲力盡地踏上回五河家的路。

「唉……累死人了。不好意思喔～少年，讓你陪我處理這麻煩事。」

「哈哈……還好圓滿收場。不過，妳房子打算怎麼辦？」

「嗯～哎，蓋一棟自己理想的房子還不錯，我決定過幾天找塊合適的土地來蓋——不過我絕對不會委託那家房仲公司！」

二亞朝來時路的方向「噫～～！」地吶喊。士道見狀，無力地露出苦笑。

兩人說著說著抵達了五河家。

脫鞋，經過走廊，走進客廳後，早已齊聚在客廳的精靈們以行注目禮的方式迎接兩人。

「喔喔，士道、二亞，你們回來啦！」

「歡迎回家……」

「回來啦，達令、二亞！要先抱人家？抱人家？還是抱、人、家？」

精靈們妳一言我一語。大概是因為工作，不見琴里的身影，但其他精靈似乎全都到齊了。

「哎～我回來了、我回來了。真是敗給那家房仲公司了～……」

二亞無奈地嘆息，並且坐到沙發上。精靈們聽見她說的話，紛紛眼睛一亮，靠了過來。

「喔喔！房仲公司……是之前提過的房子嗎！到底什麼時候會蓋好？」

「城堡的舞廳……好期待喔。」

「就是說呀～大家一起穿著禮服跳舞吧～！」

「只要使用……名喚什麼來著的望遠鏡，就能看清楚星星吧？唔嗯……妾身此時便開始感到雀躍了。」

「…………」

沐浴在精靈們天真無邪的目光下，二亞臉頰抽搐了一下。

不，正確來說並非所有人。想必折紙、美九、七罪和八舞姊妹等人早已明白那種設計圖根本不可能實現，只是苦笑著凝望二亞。

不過，十香、四糸乃和六喰卻打從心底相信一個醉鬼（二亞）的胡話，一心期盼房子蓋好的模樣。她們的身影實在太過耀眼，令二亞不禁遮住雙眼。

「不過，二亞妳真的太厲害了，竟然能蓋那麼大的房子，令我大吃一驚了！」

「是啊。好厲害呀……」

「嗯。不愧是當紅漫畫家呢。妾身好生期待呀。」

「唔、嗯……就是說呀……」

沐浴在陽光下的吸血鬼就是這種心情吧。二亞沐浴在精靈們閃閃發光的視線下，只能若有似無地苦笑。

◇

飄浮在天宮市上空一萬五千公尺的巨大空中艦艇〈佛拉克西納斯〉。

琴里坐在位於艦橋中心的艦長席上，操作著個人控制檯。

畫面上詳細顯示出各個精靈的參數。當表示精神狀態的數值出現異狀時，當然會聯絡琴里的終端機，不過身為〈拉塔托斯克〉的司令官，還是必須像這樣定期檢視大家的狀態。

『——妳還真是勤奮呢，琴里。不過，千萬別勉強喔。』

就在這時，一道如銀鈴般的少女嗓音從設置在艦橋上的擴音器響起，向琴里攀談——是〈佛拉克西納斯〉的管理AI，瑪莉亞。

「噢，瑪莉亞。無妨，我快結束了。士道和二亞應該也回來了，我也會趕在晚餐前回家。」

『是嗎？那就好。對了——』

「？怎麼了？什麼事情令妳在意嗎？」

琴里詢問後，瑪莉亞便「呼」地吐了一口氣（ＡＩ自然是不會呼吸，但這似乎是瑪莉亞的堅持），接著說：

『沒有，是關於二亞。她好像說要蓋房子。』

「喔喔……那個啊。」

琴里不禁笑道。

畢竟喝醉的二亞繪製的房子設計圖實在太荒唐無稽了。

「真的要蓋那種建築的話，不知道要花多少錢呢。二亞喝醉了，好像不記得自己畫了些什麼……呃，對了，虧妳知道得這麼清楚呢，瑪莉亞。」

『是的。因為前幾天士道來找我商量。』

「士道？」

這麼說來，二亞在畫亂七八糟的設計圖時，士道好像說過要找誰商量。看來是指瑪莉亞。

「他到底找妳商量什麼？該不會是要妳實現二亞的設計圖吧？」

『哦，真不愧是琴里呢。算是答對一半。』

聽見瑪莉亞的回答，琴里瞪大雙眼。

「別鬧了。就算是〈拉塔托斯克〉，也不能這樣胡亂揮霍。再說，只要沒喝醉，二亞自己也明白那張設計圖有多荒唐吧。」

『妳太天真了。』

「咦？」

琴里聞言，歪過頭。於是，瑪莉亞再次發出嘆息般的聲音，接著說：

『關於這一點，妳說的確實沒錯……不過，二亞這個精靈比妳想的還要膚淺、無腦又愛慕虛榮——而且，不容許破壞孩子的夢想。我想，應該差不多了。』

「差不多……是指什麼？」

琴里納悶地皺起眉頭，下一瞬間，口袋的手機便響起輕快的來電鈴聲。

「喂，你好？」

『——幫幫我，琴里A夢~~~~！』

琴里一接起電話便聽見二亞震耳欲聾的哀號加吶喊聲。

瑪莉亞或許是聽到了，便說：『——看吧？』

◇

「——喔喔！」

十香目睹擴展在眼前的光景，不禁讚嘆。

不過，這也是理所當然的事。因為十香現在位於一座巨大無比的遊樂園。

在左顧右盼都無邊無際的廣大土地上，密密麻麻地排列著各式各樣的遊樂設施。雲霄飛車、摩天輪、旋轉木馬、鬼屋——而這些設施全都是以二亞畫的漫畫角色為主題，創造出樂趣無窮的空間。

不，不僅如此。這片土地上還聚集了外觀高級的餐廳、西洋風城堡、巨蛋、巨大望遠鏡、博物館等，中心則聳立著一座十層樓高的巨塔。各層樓似乎都有一名強敵守護，必須打敗他才能前進一層樓。順帶一提，三樓是只要前進就會身體麻痺的樓層……但十香不太清楚那是什麼意思。

而且如此廣大的場所，只有十香和其他精靈存在。

不過，這也難怪。因為這裡並非開放一般客人進入的普通遊樂園——而是二亞的私人宅邸。

「好厲害啊！這全都是二亞的家嗎？」

「咦？啊哈哈，嗯，算是吧～～」

十香雀躍地說完，站在後方的二亞便含糊地回答。朝她看去，笑容似乎也有點僵。

不過，在十香指出這一點之前，其他精靈興奮的聲音早一步震動周圍的空氣。

「嗯……真的好厲害啊。我可以去參觀一下那座城堡嗎……？」

「走吧、走吧！化身成公主吧～～！」

「唔嗯……星辰要夜晚較易欣賞。在天色昏暗之前，妾身也與四糸乃同行吧。」

「呀～～！真的有巨蛋耶～～！為了各位，誘宵美九只好登臺了～～～～！」

「哇喔……很不錯嘛。那麼，本宮要求的設備在何處？」

「發現。小冊子寫說在地下。我們去看看吧。」

「情報設施好像也在地下。我也一起去。」

「……然後，呃，說好要在房間裡幫我蓋一個小房子，那個在哪裡？」

「提供。好像在那座塔的三樓。」

「咦！為什麼刻意蓋在損血地板上……？」

精靈們說著眼睛散發出燦爛的光芒，同時望向二亞。

「二亞！」

「我們可以去玩嗎……？」

沐浴在所有人視線下的二亞頓時輕聲囁嚅了一下，又立刻像是重振精神般點頭允許。

「當、當然可以！各位，今天盡情享受二亞宅邸，更正，是二亞樂園吧！」

「「喔喔喔喔喔喔——！」」

隨著屋主的號令，精靈們發出精神奕奕的聲音後，同時奔向各自的目的地。

「看來，事情進行得很順利呢。」

琴里在空中艦艇〈佛拉克西納斯〉的一室輕聲嘆息。

室內羅列著好幾個用機器製造，類似靈柩的裝置，精靈們躺在其中，頭部戴著連接端子的頭盔機器。

而設置在室內的螢幕上顯示出完美重現的二亞的理想之「家」，與在其中快樂遊玩的精靈們的身影。

沒錯。現在精靈們的狀態是正潛入電腦世界中製造出來的假想空間。

即使是〈拉塔托斯克〉，也難以在現實中依照二亞的設計圖建造房子。不過，只要利用顯現裝置就極有可能將人類的意識送往電腦空間。

「不過，真虧你猜得到二亞會來央求我跟瑪莉亞呢。」

琴里說完，在旁邊看著螢幕的士道微微苦笑。

「沒有啦……因為十香她們看起來非常期待的樣子。照二亞的個性，受到如此強烈的期待，她可能會下不了臺……不好意思啊，瑪莉亞，提出這種無理的要求。」

士道出言撫慰。於是，擴音器響起有些得意的聲音。

『化不可能為可能的美少女AI，正是在下。現成的賢妻良母。不用客氣，誇就對了。』

「哈哈……妳真的很棒呢，瑪莉亞。多虧妳，大家玩得很開心。」

士道乖乖送上讚美後，排列的裝置之一發出嗶嗶聲響。

那是使用者從電腦空間返回現實時的信號音。循聲望去，便看見原本躺下的二亞坐起身，拿下戴在頭部的機器。

「哎、哎呀～～……嘿嘿嘿，真的幫了我大忙呢，代官大人。越後屋絕不會忘記您的大恩大德……」

她搓著雙手，露出卑微的笑容，吐出誤以為在演古裝劇的臺詞。

琴里、士道和瑪莉亞見狀，同時嘆了一口氣。

「真是的，我警告妳，二亞。這次好在有瑪莉亞，不然就要讓十香她們失望了。」

「就是說啊，下次少喝點酒。」

琴里和士道說完，二亞一臉抱歉地回答：「知道了～～……」

「……哎，真的幫我解圍了。聽說是少年你暗中幫忙周旋的？真是多謝你了……」

然後軟弱無力地如此說道。士道看見她不同以往的誠懇態度，有些吃驚。

「沒有啦，我只是找人商量而已，真正的功臣是瑪莉亞。」

「我知道啦。謝啦，機器子。」

說完，二亞做出送飛吻的動作。大概是接收到了，擴音器傳來瑪莉亞不滿的嘆息。

『從那個稱呼完全感受不到妳的謝意。既然如此，我也有我的辦法。這次花費的假想空間建造費用，以及支付給我的賠償金六十六兆兩千億圓，就從二亞的戶頭強制徵收吧。』

「討厭啦，瑪莉亞，這玩笑開大了～～啊！螢幕有點髒，我幫妳擦擦。我們可愛的瑪莉亞，身體要保持乾淨才行！」

二亞做作地眨了眼，開始清潔。見風轉舵之快，令琴里和士道不禁露出苦笑。

當琴里等人談論這種話題時，周邊的裝置響起好幾道嗶嗶聲。

「嗯……？」

看來繼二亞之後，其他精靈也返回現實了。大家依序坐起身，取下頭部裝置。

「呼啊……！好厲害呀！無論走多遠，都看不見盡頭！士道和琴里也一起玩吧！」

「城堡裡有好多禮服喔……！可以的話，希望士道幫我挑選。」

「地下帝國比我想的還要壯觀耶！大家要不要來看一下！」

「……別說損血地板了，我連第一層的敵人都打不過……有人可以來幫我嗎……？」

大家各自以興奮的語氣說道。看來在二亞宅邸，更正，在二亞樂園玩得十分盡興。琴里和士道見狀，不禁莞爾一笑。

「——她們這麼說喔。機會難得，我們就恭敬不如從命吧，士道。」

「嗯，也好。其實我也超級好奇的。」

「喔喔！」

『好～～！兩位客人入座～～！』

琴里和士道說完，精靈們朝氣蓬勃地對他們招手。兩人點頭回應，走向無人使用的裝置。

「哎，不過，二亞真的很厲害呢！」

就在這時，十香盤起胳膊點了點頭。

「咦？啊哈哈……哎呀，對吧？二亞我很厲害吧？」

二亞表現出有些顧慮瑪莉亞的模樣，但還是大言不慚地回答。於是，十香再次大大地點頭。

「嗯，真正的二亞樂園蓋好需要花一段時間，妳才像這樣先讓我們在電腦世界過過癮吧。」

「——咦？」

聽見十香說的話，二亞目瞪口呆。然而，精靈們並未察覺二亞的表情，接著說：

「沒錯……二亞真厲害。令人尊敬。」

「呃，那個……」

「唔嗯。在電腦世界都如此愉快了，實在無法想像……實物完成後究竟會令人多盡興。」

「呃……我說啊……」

即使二亞額頭冒出汗水說話，十香、四糸乃、六喰也充耳不聞，以耀眼得勝過太陽的眼眸凝視著二亞，露出天真無邪的笑容。

「我很期待喲，二亞！」

「我也是……」

「嗯，妾身靜心等候。」

沐浴在三名精靈純粹至極的目光下——

「啊！好的……本条蒼二會努力工作……」

二亞面如死灰，發出沒有靈魂的聲音。

挑戰七罪

ChallengeNATSUMI

DATE A LIVE ENCORE 9

那天午後，並沒有發生什麼特別的事。

出門去採購的超市所販賣的貨品跟平常一樣，也沒遇見回程在施工而無法通行的狀況。既沒有血從洗手乳的瓶子噴出來，當然也沒有在打開冰箱放買回來的東西時看見人頭。

而是一如往常寧靜的午後。不經意望向時鐘，時刻是下午四點。肚子有點餓。想進行遲了一些的下午茶時間，便泡了一杯紅茶，從櫥櫃拿出幾包個別包裝的餅乾和巧克力，在客廳的沙發上坐下。

然後啜飲一口紅茶，伸手正要拿起遙控器打開電視時——

「——嗚噫啊！」

五河士道終於發現「那個」，發出變調的聲音。

不過，這也是理所當然的事。畢竟自己坐的沙發邊邊有一個頭髮亂糟糟的神祕物體坐鎮著。

不，冷靜下來仔細一看，發現那並非未確認生物或妖怪之類的東西，而是一名嬌小的少女緊抱著抱枕，蹲坐在地。

「七、七罪！妳在幹嘛啊……？話說，妳什麼時候在這裡的？」

「…………」

即使士道詢問，少女——七罪也默不作聲。

死氣沉沉的雙眼視線在虛空中游移，半開的嘴巴偶爾像唸唸有詞般——或是像渴求氧氣的魚那般——一張一合地動著。看見她那非比尋常的模樣，士道不禁皺起眉頭。

雖說這名少女平時的情緒難以說高昂，但這狀態明顯過於異常。士道出聲攀談，並且搖晃她的肩膀。

「七罪，妳沒事吧，七罪？」

「…………」

於是，七罪這才終於發現士道的存在，轉動眼球望向他後，隨著一大口嘆息吐出話語：

「……我不想工作……」

「……啥？」

聽見出乎意料的回答，士道歪過頭。

「發生什麼事了嗎，七罪？」

「…………」

士道詢問後，七罪再次嘆了一大口氣，以呻吟般的語氣娓娓道來。

◇

「……咦？」

——早晨，七罪來到位於五河家隔壁的精靈公寓共用房，一臉納悶地皺起眉頭，停下腳步。

這也難怪。有兩名客人捷足先登，乍看實在難以理解她們的所作所為。

一名是用黑色緞帶將頭髮紮成雙馬尾的少女——琴里，手上似乎拿著像是繩子的東西，表情染上好奇、戰慄、羨慕交織的情緒。

而另一名則是長髮及地的少女——六喰。她身上穿的並非平常穿著的便服，而是琴里就讀的國中制服……但不知為何，她大膽地掀起水手服上衣，露出胸部。與她那張娃娃臉呈現反差的雄偉雙峰包裹在與她那張臉不相襯的性感內衣之下，營造出一股莫名的悖德感。

「……啊！打擾了。」

幾秒後，七罪輕聲如此說道，靜靜關上門。

不過，立刻響起「躂躂躂」的激烈腳步聲，那扇門再次被用力打開。

「給我等一下！妳那是什麼耐人尋味的反應啊！」

琴里慌慌張張地如此吶喊後，一把拉過七罪的手。

「不好意思，請饒了我吧……我絕對不會告訴別人，妳欺騙六喰玩特殊遊戲……！」

「妳還是澈底誤會了嘛！我怎麼可能做那種事啊！」

「咦！妳果然打算利用黑魔法瓜分六喰的胸部……」

「最好是啦！話說，『果然』是什麼意思啊，『果然』！」

琴里發出變調的聲音大喊後，拖著七罪走到六喰身邊。

這時，七罪才發現琴里手上那條類似繩子的東西上頭刻有等距的刻度。

「……量尺？」

「沒錯。我打算做制服給六喰穿。」

琴里說完，六喰點頭表示同意。

「嗯。妾身借妹妹制服一用，但上半身實在穿不進去，下半身倒是剛好合身……」

「…………」

聽見六喰說的話，琴里臉頰抽動了一下。七罪心想：若是〈佛拉克西納斯〉的探測機正在觀察琴里的精神狀態，肯定會警鈴大作吧。但她決定先不把這件事放在心上。

「也、也是，我能理解……不過，為什麼要穿國中制服？是士道的興趣嗎？」

「怎麼可能啊，妳腦子先拋開那類邪惡思想好嗎？」

「咦！可是制服除了那類玩法，還有其他用途嗎……」

「為什麼就不能正常認為是要穿去上學的啊！」

琴里忍不住大叫出聲。七罪聞言，一臉疑惑地皺起眉頭。

「上……學？」

「嗯。」

六喰點頭表示同意，接著說：

「妾身請求妹妹，四月起便要上同一所國中就讀。」

「事情就是這樣。雖然不知道她的實際年齡，但既然要上學，不如跟我上同一所學校，在各方面也比較安心。」

「這樣啊……」

聽完兩人說的話，七罪不禁讚嘆。

用不著說也知道，學校是地獄的代名詞，是強迫素養各異的人半共同生活的強制收容設施。

「竟然自願步上修羅之道……請受我一拜，可能會得到保佑。」

七罪說完拍了兩下手，再行一禮。於是，六喰一頭霧水地模仿七罪的動作，跟著雙手合十。與大膽露出的胸部相輔相成，感覺好像真的可以受到保佑。具體而言，只要每天準備供品祭拜，胸部似乎就能長大。是謂豐胸大明神。或許有人前往祭拜時，那兒早已供奉著加倍佳棒棒糖。

「妳到底在幹什麼啊……話說，七罪妳也是喔。」

「……嗯？我怎麼了？」

「就是妳也要去上學啦。前陣子不是有去體驗入學嗎？今年四月起，妳要跟四糸乃和六喰一起正式入學。」

「…………什麼！」

聽見琴里若無其事告知的致命消息，七罪猛然瞪大雙眼。

「等……等等等一下！這是怎麼回事！我完全沒聽說耶……！」

「是啊，所以我剛才不是告訴妳了？」

「不不不，重點不是這個！為什麼擅自決定啊？我真的沒辦法啦！」

「是嗎？可是四糸乃說她很樂意去喲。」

「唔唔……！」

七罪聞言，頓時無話可說。

四糸乃是與七罪一同住在這間公寓的精靈之一，溫柔對待連推糞蟲都轉頭不理的七罪，是七罪心目中的女神。實際上，七罪以前之所以心不甘情不願地決定參加體驗入學，主要是因為受到四糸乃請求。

不過，令七罪內心動搖的不只這件事。琴里的話顯示出另一個鐵錚錚的事實。

如今受到〈拉塔托斯克〉保護的精靈有十名，其中十香、折紙、耶俱矢、夕弦、美九在高中就讀，而琴里則是在國中就讀。二亞有在工作；至於美九，除了學校，另外還有偶像活動。

沒錯。四糸乃和六喰開始上學，就代表〈拉塔托斯克〉庇護下的精靈之中，只有七罪是白天無所事事的尼特族。

腦海裡浮現討厭的想像。睡到太陽曬屁股後一個人起床的七罪，獨自吃著別人準備好的早餐（就時間上來說是午餐），由於無事可做，再睡個回籠覺，玩線上遊戲玩得很起勁，覺得肚子餓的時候已經是傍晚了，接著和從學校回來的大家吃晚餐。不過，大家的視線日漸帶著鄙視——怎麼，那傢伙還不去上學啊？光是精靈這個身分就能讓〈拉塔托斯克〉白養，真是好命呢——沒、沒關係啦，七罪，每個人的步調都不同，不需要著急……咦？一起打電動……嗎？不好意思，我明天要交作業……還、還有，洗澡很舒服對吧。每天洗的話，我想一定會更清爽的……

「——啊啊啊啊啊啊啊啊啊啊啊啊……！」

七罪抱頭呻吟。不，她明白大家應該不會對她酸言酸語，但她忍不住嫌棄自己。不行、不行，十分不妙。感覺完全暴露了下意識認為四糸乃和六喰也沒去上學，所以自己也沒關係的僥倖心態。

雖然腦子裡明白四糸乃和六喰只是需要時間適應這個世界，本質與七罪這種不適應社會的人截然不同，然而一旦事實擺在眼前，七罪便感到一股撕心裂肺般的疼痛。

話雖如此，七罪實在不認為自己有辦法每天上學。究竟該如何是好——

「……！」

瞬間，一股電流般的衝擊竄過七罪的腦海。

她只想到上學或當尼特族這兩種選項，但並不只有這兩條路可以選擇。

沒錯——只要工作就好。

自己賺錢維生，總沒有人有意見了吧。

「？七罪，妳怎麼了？突然大喊後又沉默不語……」

「……讓我思考一下。搞不好有辦法可以解決……」

七罪眼神空洞地如此說道，踏著蹣跚的步伐離開共用房間。

「七、七罪？」

「唔嗯，妳要去何處呀？」

感覺後方傳來這樣的聲音，但如今的七罪已無力回應。

◇

「……所以，妳想到只要工作就可以不用去上學，但經過各方調查後，領悟到自己也沒辦法工作。」

「…………」

士道總結七罪的話後，七罪便一臉陰沉地點了點頭。

「……我看了徵才情報誌跟求職網。搞什麼鬼啊？為什麼所有工作條件都要求溝通能力？服務業我絕對做不來，也不可能跑業務，光是想到職場的人際關係，我就反胃想吐，嘔嘔嘔……有在工作的人真不是蓋的，超強的。公司職員看起來就像超人，上班族根本跟超人力霸王和超人是同一類人吧……」

七罪臉上露出乾笑，聳了聳肩。她那自暴自棄的態度令士道不禁苦笑。

「哎，我同意有在工作的人很厲害啦……但妳還那麼討厭學校嗎？妳不是說在體驗入學時交到了朋友？」

「……這是兩碼子事。我不討厭花音她們，但只要在學校以外的地方見面就好。一日限定的體驗入學倒還好，然而一想到要上好幾年就令人作嘔。」

「是、是嗎……所以妳到底要怎麼辦？」

「……學校我沒辦法去，也不想當尼特族。有沒有什麼是能獨自完成，像二亞一樣大白天就游手好閒也無所謂的職業啊……」

「像二亞一樣……那傢伙算是漫畫家，並沒有游手好閒……吧？」

士道說著說著有些不大確定，在句尾加上疑問詞。由於不是公司職員，不需要上班，但二亞基本上也算是有在工作，大概吧。

就在這時，士道微微抽動了一下眉毛。因為七罪像是察覺到什麼似的雙眼圓睜。

「嗯？怎麼了，七罪？」

「——就是這個。」

「咦？」

「漫畫家！我為何沒想到！漫畫的話，我經常被二亞抓去幫忙，多少會畫一點，而且可以不用出門。況且連那個二亞都能勝任了，沒道理我不行吧……！」

「……嗯、嗯～～？呃，是……這樣嗎？」

士道面有難色地呻吟。他認為漫畫家可沒那麼容易當，但七罪好不容易提起了幹勁，士道也不想潑她冷水。

「……好，既然決定了就馬上行動。我現在立刻來畫草稿——謝謝你，士道，幫了我大忙。啊，不過你先不要跟其他人說喔！」

七罪滔滔不絕地如此說完，剛才消沉的模樣頓時煙消雲散。她輕快地站起來，走出客廳。

◇

幾天後，士道「叩、叩」地敲了敲位於精靈公寓最上層的七罪的房門。

「喂～～七罪～～？我來了喔～～」

即使士道呼喚，也無人應門。按電鈴也是同樣的結果。

「七罪那傢伙是怎麼回事，自己叫人過來……」

士道一臉納悶地歪了歪頭。沒錯，士道之所以來到這個房間，只有一個理由。就是他剛才收到七罪的簡訊，說有事情要他幫忙。

大概是需要人手幫忙完成原稿吧。這也是理所當然的事，負責連載的漫畫家通常都是和幾位助手共同完成原稿。

不，或者是七罪還在為草稿煩惱？這也十分有可能。她的繪畫技巧確實十分精湛，也擅長模仿別人的技術，不過就士道所知，她從未從頭到尾創作過一個故事。

「嗯……？」

不知呼喚了多少次，門把突然轉動，厚重的門打了開來。

「嗨，七罪，我來幫忙了。妳進展得如——」

士道頓時止住話語。

理由很單純。因為位於門後的，並非嬌小的少女——而是高挑的美女。

一頭亮麗的長直髮、一雙水汪汪的杏眼、連模特兒也自嘆不如的身材比例，穿著性感的洋裝，全身散發致命的妖豔魅力。

「什……咦……！」

「啊～～嗯，士道，我等你好久，進來吧。」

正當士道感到驚慌失措時，美女拉起士道的手，士道就這麼被拉進房裡。他好不容易讓心跳緩和下來後，凝視美女的臉。

「七、七罪？妳幹嘛變身啊……？」

士道瞇起眼睛，提出疑問。

沒錯。如今站在士道眼前的，無庸置疑是七罪本人——不過，必須補充一點。是利用鏡子天使〈贗造魔女(Haniel)〉變身成理想的模樣。

於是，七罪氣定神閒地微微一笑。

「那當然是因為等一下要毛遂自薦呀。要是用平常的姿態，可能會吃閉門羹嘛。」

「不，沒那回事吧……等一下，毛遂自薦！」

聽見七罪說的話，士道發出變調的聲音。

所謂的毛遂自薦，顧名思義是拿漫畫原稿到出版社，直接請編輯評論指教。據說有不少漫畫家因此受到編輯賞識而出道。

怕生的七罪竟然選擇毛遂自薦這個手段，令士道大吃一驚（嗯，所以才要變身吧），但更令他驚訝的是七罪話中顯示出的一個事實。
沒錯，到出版社毛遂自薦，意味著原稿已經完成。
「妳該不會已經畫好了吧！」
「是啊。當天我就把草圖畫好，花一天描線，勉強用兩天完成。畢竟沒有助手幫忙，我就少貼網點，複雜的背景從素材集裡面抓出來用。」
「真、真的假的，太強了……那妳希望我幫什麼忙？」
「噢，這、個、嘛～～……」
士道說完，七罪愉悅地微微一笑，轉過身。
「什麼……！」
士道見狀，不禁臉頰泛紅。因為七罪穿的洋裝背後的拉鍊沒拉上，性感的美背一覽無遺。
「這件衣服，我一個人穿不起來。欸，可以幫我把拉鍊拉上嗎？」
七罪以嬌滴滴的聲音呢喃般說道。「喔、喔……」士道挪開視線出聲答應後，用微微顫抖的手指拉起拉鍊。
「嗯，謝謝你，士道。那我出門嘍，等我的好消息。」
說完，七罪眨了一下眼，拿起疑似裝有原稿的包包，穿上鞋子。
差點被現場氣氛影響的士道赫然瞪大雙眼，猛力搖了搖頭。

「不，等一下！妳該不會打算穿這樣去吧！」

「咦？對啊，有什麼問題嗎？」

七罪說著翻弄了一下裙襬。大膽的開衩下可見若隱若現的大腿……除非目的地是城堡的宴會廳或是夜總會，否則這身打扮不太適合。

「這未免也太性感了吧！至少再包緊一點……」

「咦咦～～士道真是的，怎麼像個爸爸一樣～～還是說～～能看見我肌膚的，只要你一人就夠了～～？」

「我、我說妳啊……」

士道滿臉通紅地說道，七罪便樂開懷地莞爾一笑，輕輕聳了聳肩。

「是是是，我今天就乖乖聽爸爸的話。」

七罪如此說完，彈了一個響指。於是她的身體發出淡淡的光芒，服裝變成略微休閒的套裝風格。

……不，襯衫可以窺見乳溝，腿上還穿了絲襪。雖然依然能看見煽情的重點，但比起剛才的服裝算是勉強可接受了。

不過就在這時，士道發現了一件事。

「……既然妳能用靈力換衣服，就沒必要特地讓我過來幫妳拉拉鍊吧……」

「啊哈哈，我出門嘍～～」

士道說完，七罪戲謔地吐了一下舌頭，走出房間。

◇

「古見先生～～拿作品自薦的人，在十三號等您。」

「是是是……嘿咻。」

週刊少年BLAST編輯古見健輔輕聲嘆息，儲存作業中的檔案後，從椅子上站起來。

「那我過去看一下。」

說完微微打了個呵欠。於是，隔壁桌的同事聳了聳肩，露出苦笑。

「喂喂喂，我知道你很累，但不要擺臭臉給毛遂自薦的人看喔。搞不好是明日之星呢。」

「哈哈……抱歉、抱歉。不過，最近都沒挖到寶啊……」

「哎，偶爾會這樣啦。不過，誰知道呢？聽說那個本条老師一開始也是毛遂自薦喔。」

「呃，那都是幾十年前的事了……」

古見對同事回以苦笑後，穿過被書本、資料和編輯個人興趣的雜物掩埋的編輯部，搭電梯下到二樓。

目的地是開會用的簡易空間。寬廣的地板擺放了好幾張桌椅，分別用隔板隔開。

已經跟前檯表明來意的自薦人士應該正在等候。古見微微伸了伸懶腰，走向指定的十三號區域。

「來了來了，讓妳久等了，呃……」

古見思考著這種事，踏入區域後——肩膀抖了一下。

理由很單純。因為坐在椅子上毛遂自薦的女性美得令人起雞皮疙瘩。

「——你好，今天請多批評指教了。」

女性如此說道，眨了一下眼。古見像是被子彈射穿心臟似的身體一顫。

「哎呀？你怎麼了？」

「……！沒、沒有，完全沒事。」

古見設法掩飾自己的失態後，在椅子上坐下——在青年雜誌編輯部時，古見也曾跟知名的寫真女星合作過。雖然確實令他有些吃驚，但和那些寫真女星相比，這種等級的女人……不，嗚哇，真是個大美女……

然而這時，他甩了甩頭改變想法。她並不是來拍性感照，而是來自薦漫畫的，那麼重要的是漫畫的完成度，又不是靠臉畫漫畫。古見使勁拍了拍臉頰，避免自己做出偏頗的評價。

「那麼，我可以立刻拜讀您的原稿嗎？」

「好的。那麼，麻煩你了。」

說完，女性遞出裝有原稿的紙袋，表面寫著漫畫的標題和「NATSUKO」這個名字，看來是打算當作筆名吧。還真是心急呢。

「……唔嗯。」

古見從紙袋拿出原稿，仔細閱讀。

——首先，畫功意外地精湛，令人不禁猜測是否曾在哪裡當過職業漫畫家。大概是本条蒼二的粉絲吧，畫風有點本条的影子，但並非模仿，而是確實表現出自己的風格。而且，人物造型佳，故事發展也……咦！真的假的？要走這種路數嗎？哇啊，這究竟會演變成怎樣……竟然來這套啊～～～～！

「————呼啊～～」

幾分鐘後，古見吐了一大口氣。有種形容叫無暇喘息，但這還是他第一次真的喘不過氣來。一股莫名的感慨充滿肺腑——令古見想起自己十年前還是個充滿熱情的菜鳥編輯時的事情。

啊啊，對了。古見也曾滿腹理想，深信能遇見埋沒在民間的天才、閱讀的瞬間便能震撼人心的原稿。許多想成為漫畫家的人渴望的爆紅，對編輯來說也是求之不得的夢想。

不過，十年的歲月足以令一名熱情洋溢的菜鳥編輯認清現實的殘酷。那種事情，只會在漫畫中看見。在耗損與妥協的日子當中，收獲馬馬虎虎的成果、經歷不大不小的失敗，安於做一個高不成低不就的編輯。這十年來找藉口說沒時間，說服自己世事無奈，以慢慢遠離理想的代價來換取安定的薪水。

可是，啊啊，可是，為何自己會感覺滿腔熱火、全身熱血沸騰呢？古見深深吸了一口氣後，吐出這句話：

「——簡直是天才。」

除此之外，別無其他評價。古見將身體向前傾，再次從頭閱讀原稿。

——太精彩了。作為短篇也相當完美，直接作為連載的第一話也能成立。最重要的是，古見自己非常想知道這個故事的後續發展。

「請問，妳有拿這原稿去其他出版社自薦嗎——」

「不，沒有。這裡是第一間。」

「我想也是！我就說嘛！」

古見不禁笑了出來。自己怎麼會問這種蠢問題？如果去其他出版社自薦卻還沒有在雜誌上刊登，那名編輯也太沒有識人的眼光了吧。

「那、那個，請務必讓我們在這次的增刊號刊載這篇漫畫！」

「哎呀，真的嗎？那真是我的榮幸。不過，可以這麼容易就決定嗎？」

說完，NATSUKO（筆名）嘻嘻微笑。

「沒問題！這篇原稿絕對可以通過！要是總編打回票，我就辭掉這種沒眼光的編輯部！」

古見仗著氣勢如此宣言後，下一瞬間，用隔板隔開的後方位子傳來一聲：「哦哦～～？」

「怎麼～～古見，你倒是很熱血嘛。」

「總、總編！」

隔板上方冒出一張中年男子的臉。看來，總編也正在開會的樣子。

總編繞了一圈來到古見他們所在的空間後，看見NATSUKO的模樣，瞇起雙眼。

「嗯嗯？模特兒嗎？要拍寫真的話，要去青年雜誌——」

「不是，是拿原稿來自薦的人啦！」

「自薦～～……？」

總編皺起眉頭，一把拉過古見的肩竊竊私語：

「喂，古見，對方的確是個大美女，但你該不會覬覦人家的美色就說要擔任她的編輯吧？」

「我、我才不會做那種事咧！總之，請您過目這篇原稿！我個人想刊登在下次的增刊號。」

「啥……？」

古見遞出原稿後，總編雖露出懷疑的表情，還是讀了起來。

結果讀著讀著，他的表情逐漸改變——

「……古見，所以我才說你是個半吊子，竟然想把這個刊登在增刊號……？」

「什……！總編，恕我直言——」

然而，當古見正要反駁時，總編再次拉過他的肩膀打斷他，然後以NATSUKO聽不見的音量接著說：

「——什麼增刊，要刊登在本刊吧。在本人面前不好說大話，但這肯定能得到很多讀者投票。把連載也考慮進去，開始面談吧。」

「……！總、總編！」

古見頓時容光煥發；總編莞爾一笑，伸出手來跟他握手。

◇

「——嗚嘎啊啊啊啊啊啊！」

當天傍晚，從出版社回來的七罪（身體已變回原貌）一到五河家就整個人撲向沙發，開始暴打抱枕。

「七罪……？毛遂自薦的結果怎麼樣？」

士道戰戰兢兢地詢問後，七罪露出銳利的視線，淚眼汪汪地發出哀怨的聲音：

「還能怎樣……看也知道吧，完全碰壁……！」

如此說完後，「唔唔唔唔……」地一頭埋到抱枕中。

「我是沒有想得那麼美，認為第一次畫漫畫就能馬上出道，但也沒必要把人批評得一無是處吧……」

「這、這麼淒慘嗎？」

「……上門自薦時是成熟女人的模樣，所以我沒想太多，但恢復原貌後仔細回想，感覺好像被貶得一文不值……對方一讀原稿就嘲笑我，還說『簡www直www是www天www才www』這種諷刺人的話，我說沒有去其他出版社自薦，對方就回我『我想也是！我就說嘛！要是去過別家出版社，怎麼可能還有勇氣拿這種垃圾過來自薦！（笑）』這類意思的話……」

「咦咦……」

士道聽七罪說完，整個人冒汗。他是有聽說過上門自薦作品能直接聽到編輯的意見，有時也會給予嚴厲的批評，沒想到竟會批評得如此辛辣。

「對方好像說了類似『爛成這樣，乾脆刊登在增刊號的投稿頁面當作失敗的例子好了』這樣的話，之後疑似總編的人跑出來，好像跟編輯說了類似『所以我才說你是個半吊子。有廢到笑的漫畫跟笑都笑不出來的垃圾漫畫，這明顯是後者吧』這種話……」

「喂喂喂，太過分了吧。本人在面前還如此口不擇言嗎……？」

「而且那個總編一看到成熟模樣的我，好像說了『雖然漫畫是垃圾，但身體很性感，我介紹妳去拍寫真吧，不過是裸體寫真！』……」

「嗆、嗆到這種地步……！不能原諒！七罪，別往心裡去！那種公司，求我們，我們還不要呢！」

士道說完，七罪搖搖晃晃地抬起頭，無力地頷首。

「也、也對……不用在那種地方工作或許反而是好事……」

「是啊，又不是只有漫畫家這個職業，再找別的適合妳的工作就好。」

「啊……對了……」

七罪聞言，像是想起什麼似的從口袋裡拿出智慧型手機，開始操作。

「……我接下來想嘗試這個……」

「嗯……？」

七罪將智慧型手機螢幕轉向士道，士道望向螢幕上顯示的網站。

「小說家Ｎａｒｒｏｗ……？這是什麼網站？」

「……這是所謂的小說投稿網站。無論是專業還是業餘，任何人都可以寫小說投稿。聽說如果小說點閱率高，會有出版社主動邀請作者出書喔。」

「是喔，那很棒耶。話說，七罪，妳有能力寫小說嗎？」

「……不是啊，你看像輕小說，只要會說國語，誰都可以寫吧。輕小說作家大多是想當漫畫家但畫功很差，因此妥協的人，正適合現在的我。」

「妳別再說出這種會在各種地方樹敵的話了啦！」

士道感覺到危險的氣息，發出哀號般的聲音。

不過，七罪本身有幹勁這件事倒是值得鼓勵。士道吐了一口氣，重新打起精神。

「妳就努力看看吧。」

「嗯……」

七罪神情暗淡卻堅定地點了點頭。

◇

「嗯……？」

星際文庫總編野邊禮人一上班便察覺到編輯部的異常。

數名編輯手持智慧型手機或平板聚在一起，滿臉興奮，聊得正起勁。

「怎麼了，有什麼事情嗎？」

「啊，野邊總編，早安。你看過這個嗎？」

「什麼東西……？」

編輯將平板螢幕轉向他。野邊推了推眼鏡，望向螢幕。

「原來是Ｎａｒｒｏｗ喔。又有自稱懸案的凶手出現了嗎？還是自稱職業作家，又揭發業界內幕了？」

「不是，是有人投稿一部精彩大作。作者叫『Ｎｕｔｓ』，好像是第一次投稿，但是點閱數已經超過一百萬。」

「是喔……」

野邊敷衍地回應了一下，拿起平板，開始滑動螢幕。

「哎，出現新銳作家這件事本身，我是張開雙手歡迎啦，但你們要有一點危機意識。本來負責發掘新人的是新人獎喔，老是關注網路小說，整個小說體系會衰退，多少維持一下身為編輯的尊嚴……」

進入說教模式的野邊突然打住話頭。

他並非刻意為之，而是半下意識地沉浸在「Ｎｕｔｓ」的小說中。

——他首先感受到的是寫作技巧。情景以躍動的韻律和輕快的節奏接二連三湧進腦海，有時會有神來一筆跟黑色幽默，不過容易閱讀，不致於淪為作者自我沉浸的產物。人物和故事也是如此。個人的講究與大眾皆能接受的普遍性拿捏得恰到好處，忍不住一直滑動螢幕讀下去，十分好奇書中人物的冒險過程。野邊讀得出神，甚至忘了眨眼。

「…………誰？」

「什麼？」

野邊讀完小說，吐出一句話，編輯歪頭表示疑惑。野邊猛然抬起頭，大聲說道：

「編輯部最先發現這篇小說的是誰？已經寄信給作者要求出書了吧？」

「咦……是田、田口推薦我的……」

「我是聽坂本說的……」

「不，我……」

「混帳東西～～～！！還不立刻去寄信！要是被其他出版社搶先一步就糟了！跟作者說我們什麼條件都答應！也跟動畫部的製作人說一聲！」

「「是……是的！」」

在野邊的一聲么喝下，編輯們同時回應。

◇

「——啊啊啊啊啊啊啊……！」

七罪說要在網站投稿小說的數日後。

她造訪五河家，就像拿漫畫到出版社毛遂自薦那天一樣，發出鬱悶的聲音，拿抱枕出氣。

「怎、怎麼了，七罪……？」

士道說完，七罪將臉埋進抱枕，發出「可惡啊啊啊啊啊啊啊！」的含糊吶喊後，抬頭面向士道。

「……我投稿小說到之前提過的Ｎａｒｒｏｗ……」

「咦！已經投了嗎？動作還真快。」

「……嗯，網路小說的優點就是未完成也能投稿，跟新人獎不同，可以隨時修改、追加。」

「喔……原來如此……所以，妳之所以那麼暴躁，就表示……」

聽見士道說的話，七罪發出低吟，撲向沙發，胡亂擺動雙腳。

「對啦！簡直是失敗中的失敗！要是沒沒無聞也就罷了，竟然還被上傳到某論壇還是社群網站上公審，一堆酸民留言開酸……」

「酸民留言……都寫什麼？」

「……『真的超強！想不到還有這種操作！』『是時候更新了吧！』『奮起吧！文壇新星！』『作品令人如痴如狂啊！』……」

「咦？這不都是讚美嗎？」

「……你太天真了。這是單純的藏頭文，把這些留言排在一起，分別讀第一個字。」

「？我看看……『真』『是』『糞』『作』……？」

「沒錯！以為我看不出來嗎！可惡！而且還有人寄來超級奇怪的電子郵件……！」

「奇怪的郵件……？」

「……對啊，自稱是出版社，說什麼想幫我出書。」

「咦？那不是很棒嗎！」

「怎麼可能一口氣收到十封這種信啊！顯然是惡作劇嘛！要是信以為真回了信，只會被公開回信嘲笑啦！我才不會上當咧，可惡～～～～！」

七罪大喊，扔掉手上的抱枕。抱枕撞到天花板，直接砸到七罪臉上。

七罪胡亂擺動的手腳頓時停下動作。

「……唉唉，果然再怎麼方便投稿，小說就是小說，不是我這種人寫得來的……」

「不，妳才剛起步，別這麼輕易放棄——」

然而士道正試圖安慰她時，她突然一下子坐起來，從口袋拿出手機，將螢幕轉向士道。

「……所以，我接下來打算嘗試這個。」

「咦？這是……」

士道探頭看螢幕，雙眼圓睜。看來那似乎是個影片投稿網站，畫著可愛女孩插畫的影片打上的標籤是「原創歌曲」。

「……DTM(Desktop Music)數位音樂……也就是用電腦編輯作曲，讓虛擬歌姬唱歌。要是順利炒出人氣，好像可以出個人CD喔……不過，現在的主流是線上發行就是了。」

「是喔。不過，作曲很難吧……？感覺特別需要專門技術……」

「……嗯，從零開始摸索或許是很難，但我的專長就是模仿別人。隨便混音幾首熱門歌曲，應該就能弄得很像原創歌曲了，歌詞也隨便從範本裡面東拼西湊就挺像樣了。」

「這、這樣沒問題嗎……？」

「……音階的組合模式有限，作曲時要完全不重複到別人的曲子幾乎是不可能的。實際上，職業音樂人也常若無其事地抄襲，沒關係啦。」

「就叫妳別隨便引戰了！」

即使士道大喊，七罪也只是「……哈哈！」一臉疲憊地乾笑。

◇

『——第一次遇見「NATSUP」時的感想？

這個嘛……以一句話來概括的話，就是「劃時代」吧。不，說是遇見，其實我們並沒有直接碰到面，比起平凡的問候，我反而有種跟她——雖然她沒有公開性別，但那種感性無疑是少女才會擁有的——的靈魂直接面對面的感覺。

第一次聽到她的歌曲時，我的身體產生了新的回路。沒錯，當時的我再次重生——敏銳又純樸的旋律，雖然樸實，歌詞卻充滿侵略性，我立刻就被俘虜了。低迷已久的音樂界出現了救世主，我對此深信不疑。

——是的，我當然立刻試嘗連繫她，不過她沒有回應。結果，直到最後還是不清楚她的盧山真面目。

不過，她的音樂深深影響了好幾位作曲家和音樂人——事到如今我才心想，她或許是音樂之神派來人間的天使。』

（阿波羅音樂股份有限公司製作人　ＭＡＩＫＯ）

『問我為何走上音樂之路嗎？

……你知道好幾年前曾在影片網站轟動一時的「ＮＡＴＳＵＰ」嗎？

當時我還是個上班族，聽到那個人的歌曲時，我彷彿聽見有道聲音在對我說：「你真的甘願安於現狀嗎！」「人生不能重來，你甘心這一生委曲求全嗎？」呃，我自己也覺得我腦子是不是有問題（笑）。

但無疑是多虧那首曲子，才造就了現在的我。我立刻向公司遞辭呈，花掉為數不多的存款買了一把吉他，開始在街頭演唱，然後一路走到現在。

……啊，你發現了嗎？其實我的藝名是取自於「ＮＡＴＳＵ　Ｐ」（笑）』

（音樂人　夏日琢磨(NATSUBI)）

『你對「ＮＡＴＳＵ　Ｐ」這個名字有印象嗎？那是數年前在網路上曇花一現的作曲家。她所做的曲子瞬間擄獲了人們的心，但不知為何只發表過一首曲子就銷聲匿跡了。坊間流傳她已死亡、其實她是職業音樂人的另一個身分等各種說法，但真相依然撲朔迷離。

不過，有個奇妙的巧合。「ＮＡＴＳＵ　Ｐ」上傳歌曲到影片網站的日期，正好是那個英年早逝的天才作曲家守利阿爾托的忌日。

而根據專家分析，「ＮＡＴＳＵ　Ｐ」的曲調具有濃烈的守利特徵。這究竟意味著什麼？

守利創作了多首名曲，也聽說他留下了幾首未發表的歌曲。也許是知曉那些未發表歌曲的門生和家人配合他的忌日，將歌曲贈送給全世界。

信不信由你。』

（都市傳說研究家　恐山恐太郎）

◇

「……啊啊啊啊啊啊啊……」

在七罪說要上傳創作曲到影片投稿網站的數日後。

她一如往常地來到五河家，不斷用頭撞擊抱枕。

「唔唔……！唔唔……！少瞧不起人了……少瞧不起人了～～……！」

「……看來又失敗了呢。」

士道已經練就光看七罪的反應就隱約知道結果如何的功夫了。他苦笑著問道。

於是，七罪猛然抬起頭，臉皺成一團。

「……對啦，就是這樣！想笑就笑吧！跟Narrow的時候一樣啦！影片被轉發，當成笑柄，一堆酸民惡評洗版！收到的電子郵件只寫一些什麼敏銳啦、純樸啦、革命機這類莫名其妙的內容……！」

說完，七罪趴在抱枕上，游泳般擺動雙腳……雖然有聽沒有懂，總之就是這條路也行不通的意思吧。

「唉……我早就知道了，像我這種比庸才還不如的廢物，做什麼都不行……結果我只是不想面對現實罷了……我這種垃圾只配當尼特族……躲在暗處生活……好想快點變成人類喔……」

「別這麼消極啦……哪有人剛起步就一帆風順的。」

即使士道出言安慰，七罪似乎已信心全失……不，雖然她平常就跟信心這個詞八竿子打不著關係，但若是將她平常比喻成煮爛的烏龍麵，現在她的狀態便是像米湯一般軟爛。自己的才能連續三次遭到否定，對她的打擊似乎比想像中還要大……況且七罪並不是想成為漫畫家、小說家或作曲家，只是單純不想上學罷了。

就在士道思考著這種事情的時候，門鈴突然響起。

「……嗯？是快遞嗎？」

不過，在士道走到走廊前，玄關早一步發出開門的聲音，隨後一名眼熟的少女來到客廳。

她擁有一頭蓬鬆柔軟的髮絲與一雙溫柔的眼眸，左手戴著兔子手偶——是四糸乃。

「啊——七罪，妳果然在這裡。」

「……！四糸乃！」

冷不防被叫到名字，本來像融化的起司癱在沙發上的七罪立刻正襟危坐。

「四糸乃，妳怎、怎怎怎麼會來這種地方……」

「這種地方？」

七罪的用詞令士道不禁苦笑，並且望向四糸乃。

「不過，還真稀奇呢，竟然會按電鈴。直接進來就好了啊。」

「啊……不，按電鈴的不是我……」

四糸乃望向後方。

這時，兩名身穿國中制服的少女從走廊現身。

一名是氣質雍容華貴的少女，另一名則是看似乖巧老實的少女。兩人站在一起，看起來就像千金小姐與她的丫鬟。

「——打擾了。」

「我也順便來打擾一下。」

「什麼……！」

「花、花音，還有紀子……！」

看見兩人的臉，七罪的表情染上驚愕之色。

聽見七罪吐出的名字，加上兩人的裝扮，士道直覺判斷她們應該是以前七罪和四糸乃參加體驗入學時認識的朋友，綾小路花音和小槻紀子。

「是我，好久不見，七罪。」

「妳、妳們怎麼會來這裡……？」

「是來跟妳打聲招呼的——給妳。」

說完，花音從手上的包包裡拿出一本像筆記本的東西，遞給七罪。七罪有些呆愣地接下後，一臉困惑地來回望向筆記本的封面和花音的臉。

「……這、這是什麼？」

「我把上課的重點整理好了，拿去看吧。」

「啥……？為、為什麼要給我這種東西……」

七罪眉頭深鎖，站在花音後面的紀子低喃般說道：

「花音聽說七罪和四糸乃四月要正式入學，簡直樂不可支。她說要是妳們跟不上進度又休學可就不好了！這幾天筆記寫得可勤了……」

「妳不說話，沒人當妳是啞巴！」

花音發出哀號般的聲音，賞紀子一記手刀。紀子靈敏地仰起身子閃開。

「……總之，我不知道妳在上一間學校發生了什麼事，有一段時間沒有上學也沒什麼大不了的！」

「咦……？」

七罪頓時目瞪口呆，隨後便像是想起什麼似的「啊」地發出短促的聲音。

士道也跟著回想起來。這麼說來，他好像有聽說過七罪和四糸乃在尷尬的時期體驗入學時有這樣的設定。

於是，紀子又從花音的背後吐出一句話：

「是真的。其實花音以前也經歷過一些事，有一段時間沒有上學，如今適應得非常良好。」

「紀子，就叫妳不要多嘴了～～！」

花音揮動手臂，紀子再次成功避開。花音一時停不下來，打到牆壁，痛得搓揉著手。

「妳、妳沒事吧……？」

「完全沒事！」

七罪憂心忡忡地探頭關心，花音立刻挺直背脊。儘管她眼角微微泛著淚光，但不指出這一點才貼心吧。

「我就是為了這件事來的！如果有其他需要的東西再跟我說。」

「咦，呃……可是……妳為什麼要這麼熱心……」

「為什麼──」

七罪結結巴巴地說道，花音便臉頰泛紅，挪開視線。

「因為我們是……朋、朋友……啊。」

「──」

七罪聞言，瞪大了雙眼；四糸乃則是有些難為情地微微一笑。

花音一語不發，不久後便像是受不了沉默般猛然轉過身。

「打擾了！走嘍，紀子！」

「啊，是是是。那麼，四糸乃、七罪，學校見。」

說完，兩人邁步離去。離開時還向士道行禮表示打擾了，這兩個孩子真是禮貌周到。

士道目送兩人離去後，望向站在身旁的七罪。

「……她說學校見耶。」

「…………」

士道說完，七罪緊握手中的筆記本——

「…………我考慮考慮。」

難為情地如此呢喃。

◇

當天夜晚，精靈們一如往常地齊聚五河家。

其實並沒有規定非得來五河家一聚，但一到晚餐時間，大家便不約而同地齊聚一堂。今天的晚餐是豬五花白菜千層鍋，蘸柚子醋可品嚐到清爽的滋味。人數一多，能一次大量製作的火鍋實屬瑰寶啊。

「哎呀～～！真好吃！少年做的菜還是一絕啊！這下子隨時都能入贅到我家了呢～～！」

二亞說完拍了一下膝蓋，發出清脆的聲音。二亞依然沒個正經，令士道「啊哈哈」地苦笑。

「哈哈，多謝誇獎。」

「不，我說真的喔。我不會突然逼婚啦，但你要不要先當我的助手，負責煮飯給我吃？我薪水給得很大方喔。」

「感謝妳給我這個機會，不過這樣跟妳來我家吃晚餐應該沒什麼差別吧？」

「不不不！截稿前一分一秒都攸關生死！從我家往返這裡的時間，都可以描多少線了！」

「但妳最近倒是每天都來吃晚餐啊……妳真的有在工作嗎？」

「當然有啊～～！你看了這期的BLAST嗎？劇情發展超令人震驚的～～！」

此時，二亞像是想起什麼似的接著說：

「——啊，說到BLAST我才想起來，聽說前幾天有個超厲害的新人拿漫畫來毛遂自薦。」

「超厲害的新人？」

「嗯～～我也看過原稿了，相當精彩，不像外行人的水準。而且聽說貌美如花，引起編輯部一陣騷動，所有人都被迷得神魂顛倒。真是的～～明明都有我這個美人作家坐鎮了～～」

「驚嘆。有那種人存在嗎？」

坐在二亞對面吃著火鍋的夕弦吃驚得瞪大雙眼。於是，二亞揮了揮手笑道：

「可是啊，都跟對方說保證可以連載了，對方卻失去聯絡。紙袋封面寫的也只有筆名，完全沒有線索。當時負責接待的編輯垂頭喪氣、失魂落魄。大家都在說會不會是狐狸化身的呢。」

「偶然。這麼說來，夕弦最近好像也聽過類似的事情。」

「咦？」

二亞歪過頭，夕弦便望向坐在隔壁的耶俱矢。於是，耶俱矢像是想起什麼似的點頭稱是。

「是在說藏身黑暗的隱者吧。在本宮經常瀏覽的電子之海邊境，有位神祕的作家打著天才之名號，隨後便銷聲匿跡。」

「追記。耶俱矢在同個網站投稿的小說，一個月的點閱數只有兩百。順帶一提，其中的五十點閱數是耶俱矢本人貢獻的。」

「現在需要這種資訊嗎！」

「補充。剩下的一百五十點閱數中，有五十是夕弦貢獻的。」

「咦……？」

聽見夕弦說的話，耶俱矢手中的筷子「喀鏘」一聲滑落……感覺實在太可憐了，還是假裝沒看到吧。

「啊～～聽妳們這麼一說～～」

緊接著出聲發言的是美九。她也像是憶起什麼事情似的，豎起手指開始訴說：

「人家也有聽說類似的事情喲～～好像出現了一個超厲害的天才作曲家，但每個製作人都聯絡不上本人，非常頭痛～～」

「是喔……」

當大家談論這些話題時，七罪瞇起眼睛嘆息。

「……真可惜，實在搞不懂有才華的人腦袋都在想什麼。」

修行折紙

TrainingORIGAMI

DATE A LIVE ENCORE 9

「士道、士道！你看，士道！我做得很漂亮喔！」

「唔嗯……是如此製作嗎？」

「！六喰，妳手好巧喔！」

某日午後，位於精靈公寓一樓的廚房充滿喧囂。

精靈們穿著各式各樣的圍裙，面向寬大的調理檯，一本正經地將菜餚塞進便當盒。而五河士道則是面帶溫柔的微笑，看著她們手邊。

「喔，大家都做得很棒喔——啊，琴里，那邊再多加一點肉燥比較好看。」

「我、我知道啦，我正要加。」

士道的妹妹琴里鼓起臉頰，身體向前傾注視著便當。平常散發出不合年齡的威嚴的她，似乎不太擅長烹飪。

「…………」

鳶一折紙望著調理檯的情況，靜靜地瞇起雙眼。

——起因是十香和四糸乃看了電視上的卡通便當特輯，說自己一定要做做看，便向士道請教做法。結果其他精靈紛紛表示自己也想做，最後就演變成〈拉塔托斯克〉所保護的精靈全部參加的大活動。

這件事本身沒有任何問題，折紙也非常開心能跟士道一起做菜。

然而——

「…………」

十香、四糸乃、琴里、耶俱矢、夕弦、美九、七罪、二亞、六喰。

折紙轉動眼珠巡視圍繞著士道的精靈們，吐了一口長氣。

——太多了。

她再次認知到這個事實。

沒錯。〈拉塔托斯克〉的目的是封印精靈的靈力，進而保護精靈，因此人數眾多也是無可奈何的事。不過身為士道未來的伴侶，對於他周圍有許多愛慕他的少女這件事，不得不產生輕微的危機意識。

折紙認為士道要愛誰、愛怎麼拈花惹草都無所謂，只要最後陪伴在自己身邊就好。但她畢竟是個戀愛中的少女，也會對士道優柔寡斷的態度感到驚慌失措。

而且，精靈們各個都是美少女。儘管士道心屬折紙一人，他的生物本能會出現反應或許也實屬無奈。

「……為了將來，還是應該更鞏固我正宮的地位才行。」

折紙如此輕聲低喃後，握緊了拳頭。

◇

隔天。折紙身穿行動方便的運動服，揹著昨天事先準備好的雙肩背包，離開自己家。

天公作美，是個適合外出的絕佳晴朗天氣，彷彿在為折紙加油打氣似的。折紙熟練地鎖上玄關的門後，邁步前往目的地。

於是——

「——問候。折紙大師，早安啊。」

「……！」

突然有人出聲呼喚，令折紙抽動了一下眉毛。

循聲望去，發現那裡站著一名將長髮編成三股辮的少女。看見她的臉龐，折紙面無表情地動了動嘴脣：

「夕弦，妳怎麼會在這裡？」

沒錯。宛如早已埋伏在此等待折紙出門，抓好時機露面的，正是精靈八舞夕弦本人。

「微笑。折紙大師妳才是，要去哪裡呢？妳昨天好像呢喃著令人在意的事情。」

「…………」

看來夕弦似乎聽見了折紙昨天的自言自語。折紙死心般輕聲嘆息，回答：

「──新娘修業。」

「……！」

夕弦聞言，一雙眼睛瞪得老大。

「驚嘆。新娘修業……就是在結婚前學習烹飪、裁縫等技術的那種修行嗎？」

「沒錯。」

折紙點頭承認後，接著說：

「很少精靈能在家事方面扶持士道。既然如此，培養這方面的能力對將來一定極有助益。」

「理解。原來如此……不過，折紙大師妳的家事技能已經夠優秀了吧？」

「妳太天真了。一般家事我的確還算擅長，但有個最大的勁敵。」

「疑惑。勁敵……嗎？」

「士道本人。」

「……認同。啊～～……」

折紙說完，夕弦額頭冒汗，點頭表示同意。

正如夕弦所說，折紙還算精通大部分的家事。但士道本身廚藝精湛，縫紉手藝又高超，所以要讓士道另眼相看，必須進一步鑽研。

就在這時，盤起胳膊深深點頭的夕弦筆直地凝視折紙的眼睛。

「請求。折紙大師的慧眼依舊令人深感佩服。請務必讓夕弦我也一同加入。」

「…………」

折紙多少有預料到夕弦會有這種反應，她沉默了半晌。

夕弦也是圍繞在士道身邊的其中一名精靈，這就好比贈鹽予敵。不過，若是當場拒絕，她將這件事宣傳給大家知道可就麻煩了。尤其十香、四糸乃和耶俱矢她們好奇心特別旺盛，假如被她們聽到，很可能會說她們也要參加，最後演變成像昨天卡通便當派對那樣全員參加。

「——妳確定有辦法跟我一起去？」

「……！首肯。是的……！」

折紙簡短告知後，夕弦用力點了點頭。

折紙也回以首肯，邁步前進。夕弦像跟隨桃太郎的隨從般，追在她後頭。

「意外。夕弦都不知道原來這附近有烹飪教室呢。」

「嚴格來說，並非烹飪教室。」

「疑問。那是裁縫教室嗎？」

「也不是。」

「提問。那麼——」
就在這時，夕弦打住話頭。
理由不言而喻。因為折紙和夕弦的去路前方出現了一張熟悉的面孔。
「我看看……好像在這附近吧……？」
一名戴眼鏡的嬌小女性一邊如此低喃，一邊比對手上的傳單和周邊的風景。
「那是——」
「同步。小珠老師。」
折紙與夕弦說完，眼鏡女——折紙的班導師岡峰珠惠像是發現兩人似的瞪大雙眼。
「啊！鳶一同學和……隔壁班的八舞同學！真巧，竟然在這種地方遇到妳們。」
「老師早。您怎麼會來這裡？」
折紙畢恭畢敬地行過一禮後，小珠老師晃了晃手上的傳單。
「沒有啦，其實我收到傳單，上面寫說這附近有新娘修業的教室……」
她如此說道，呵呵微笑。聽見這句話，折紙微微抽動了一下眉尾；夕弦則面露些許憐憫的表情。
「這樣啊……」
「悲痛。說的也是，只要努力，小珠遲早會遇見好男人的……」

「喂！妳們幹嘛這種反應啊！不過是一個好男人，我也——」

「提問。有嗎？」

夕弦說完，小珠便「嗯呵呵～」地眉開眼笑。

「之前參加相親派對認識的男人有跟我聯絡，我們是沒有要馬上結婚啦……嗯呵呵……」

她如此說道，一臉害羞又忍不住想炫耀地發出笑聲。看來她的目的地也跟折紙兩人一樣。

不過，現在有一件事情更令她們在意。聽完小珠說的話，折紙與夕弦面面相覷。

「——老師，冷靜一點。妳知道對方的本名和住址嗎？不能相信男人自己說的，起碼要查看駕照。要是對方跟妳說其實他媽媽生病需要錢，妳也絕對不能拿錢給他。」

「警告。如果對方跟妳說為了兩人的將來要存結婚基金，也一定要存在自己的戶頭各自管理，千萬不能把錢交給對方保管。」

「不是，妳們為什麼會以我遭到詐騙為前提啊？對方是正派的人好嗎！」

面對兩人的指摘，小珠忍不住大喊。不過，折紙和夕弦的眼神還是充滿懷疑。

「可疑。真的嗎？」

「真的啦～～！他人可好了～～！身材高挑，臉蛋帥氣，傳給我這附近國中的制服照片，用宛如外國王子的聲音對我說：『這一定很適合美麗的妳。』……」

「「…………」」

折紙與夕弦再次對看。即使不開口交流，也明顯知道彼此都抱持同樣的感想。

「……指摘。小珠老師，那是——」

然而就在這時，夕弦止住了話語。

理由很單純。因為道路前方駛來一輛白色廂型車，在三人面前緊急剎車，打斷了夕弦說話。

「呀！這輛車是怎麼回事呀？」

面對突如其來的事態，小珠肩膀抖了一下。於是，像在回應她的疑惑般，駕駛座的車窗打開，冒出一名眼神凶惡的女性。

「——妳們是想參加新娘修業的人嗎？」

「是的。」

相較於目瞪口呆的夕弦和小珠，折紙毫不慌亂地如此回答。於是，女司機用大拇指比了比後座，說了句：「上車。」便關上車窗。

折紙毫不猶豫地打開廂型車的車門，坐上車。

「疑惑。折紙大師，這究竟是……」

「喂，鳶、鳶一同學！不可以坐上可疑的車！」

「沒問題。這就是我在等的車。我不強迫妳們，不想搭可以不要搭。」

折紙淡淡地說完，夕弦與小珠雖然有些懷疑，還是跟著坐上車。

然後，車輛不知道奔馳了多久。

「「——哼！喝！」」

「「——哼，喝！」」

載著折紙一行人的車穿過城鎮、越過田野，抵達一座四面環繞著深邃森林，類似寺廟的建築物。

「……呃……」

「疑問。這裡究竟是……」

小珠和夕弦下車後，怔怔地佇立在原地。

不過這也難怪。畢竟穿過寺門後的一大片廣場——

「「——哼！喝！」」

「「——哼，喝！」」

有一群動作整齊劃一，正在鍛鍊的修行者。

而且，不是普通的修行者。廣場上的全是女性——都身穿婚紗，手持捧花。這光景確實有些詭異。

「——呵呵呵，三位小姐，歡迎光臨新娘修行的聖地，魂活寺。」（註：「魂活」日文音同「婚活」，指聯誼相親活動）

當夕弦與小珠目睹擴展在四周的光景而雙眼圓睜時，前方傳來這樣的聲音。

循聲望去，發現是一名年約六十的女性帶著兩名疑似修行者的人，從寺廟內部朝她們走來。她也身穿婚紗，不過顏色比修行者白，頭紗和裙襬更長。那副模樣頗有長老之風範，但她背脊挺立，腳步穩健。

「新娘修行的聖地……」

「確認。魂活寺……嗎？」

小珠和夕弦目瞪口呆地反問。折紙點頭回應：「沒錯。」

「雖說是新娘修業，但修行就是修行。既然要做，就該做得澈底。」

「不，我覺得所謂的新娘修業應該不是指這種事情吧！這已經不是『修業』，而是道道地地的『修行』了吧！」

想必是腦袋終於理解狀況了，只見小珠大吼。不過，大概是早已習慣這種反應了，長老只是「呵呵呵……」地笑了笑。

「結婚是人生大事，然而有許多人未做好萬全的準備便結為連理……本寺配合廣泛的需求，從煮飯洗衣等家事，到茶道、花道等技藝，甚至是緊急時刻保護伴侶和寶貝的防身術，準備了結婚必須學習的技術課程。」

「竟然如此專業！」

小珠發出驚愕的聲音。於是長老再次笑了笑，從相伴的修行者手中接過類似簡章的東西後，展示給折紙她們看。

「那麼，各位先從初級開始可以吧。有想上的課程都可報名參加。」

「咦？啊～～……這個嘛，我總是不小心把房間弄得亂七八糟，這個快速打掃洗衣術課程好像還不錯……」

「選擇。好苦惱喔……裁縫也不錯，但這個為未來做準備的育兒課程也難以割捨呢……」

小珠與夕弦探頭查看簡章。

不過，折紙看都不看一眼，直勾勾地盯著長老的臉發言：

「——我想挑戰『塔』。」

「「…………！」」

折紙說完，長老以及站在她身後的修行者猛然瞪大雙眼。

「疑問。『塔』……？」

「那、那是什麼？」

大概是感受到這非比尋常的氣氛，夕弦和小珠一臉困惑地來回望向折紙和長老。

汗水流過長老的臉頰，從下巴尖端化為汗滴，滴落地面。宛如就此解開石化詛咒般，長老再次開啟雙唇：

「……小姐，妳是從哪裡得知這個資訊的？」

「某個情報網。」

「妳知道那是個什麼地方才說出口的吧？」

「當然。」

折紙點頭回應後，長老便垂下視線，搖頭規勸：

「不聽老人言，吃虧在眼前。我勸妳不要。我看妳還年輕，只要慢慢不斷修練，總有一天會到達那裡的吧。」

「——眼看著心愛的男人與其他女人結婚嗎？」

「……！」

長老聞言，頓時屏息。

然後凝視折紙的雙眸片刻後——莞爾一笑。

「——若是我過去有像妳一樣的勇氣，結果或許會不同吧。」

「現在也不遲啊。」

「……呵呵呵。」

長老如此笑了笑，維持挺直背脊的姿勢轉身。

「——好吧，隨我來。」

「什麼……長老！」

「可是，那座『塔』是——」

位於後方的兩名修行者高聲說道，卻被長老搖頭制止。

「恕我任性。就當我老糊塗，愛作春秋大夢吧。」

「長老……」

長老都說到這個分上了，兩名修行者也不好再反駁，就此退下。

「……那個～～……」

這時，完全被置之不理的小珠和夕弦緩緩舉起手發問。

「我從剛才就完全聽不懂妳們的對話……『塔』是什麼？」

「氣憤。不要放夕弦兩人不管，自顧自地達成什麼協議好嗎？」

一個納悶地歪著頭；一個則是不滿地嘟起嘴脣。

於是，在折紙回答她們之前，長老搶先大大地點頭說：

「百聞不如一見。直接看比較快吧——這邊請。」

長老轉身，負手前進。折紙一行人和兩名修行者一起跟隨在後。

穿過寺門，通過一群修行者修練的廣場，經過巨大正殿，前往土地的更深處。在森林小道走了一會兒後，雲霧繚繞的天空浮現巨大的輪廓。

是一座壯麗屋瓦層層相疊的巨塔。那雄偉的模樣令見者自然湧起敬畏之心。

「宏壯。這是……」

「——魂活寺新娘修行最難關，血魂雄雌出塔（註：日文音同「恭賀結婚」）。」

「…………什麼？」

聽見長老說的話，小珠和夕弦一頭霧水。光聽名字實在聽不出什麼概要吧，折紙補充道：

「每層樓各有煮飯、洗衣、清掃、育兒、記帳、與鄰居打交道、帶小孩到公園玩與其他父母社交、房中術等專家把關，而最上層則有精通所有技術，新娘中的新娘Queen of Bride在把關。只要打敗她們，就能學會所有新娘課程。」

「呃，那個，內容是也令人很在意啦，不過名字……」

小珠臉頰流下汗水說到一半時，站在她身旁的夕弦戳了戳她的肩膀。

「提問。房中術是什麼？」

「咦？啊！啊～～……這個嘛……」

小珠一副欲言又止的樣子，最後還是在夕弦的耳邊竊竊私語。於是，夕弦的臉頰微微泛紅。

「……理解。原來如此，夕弦又長知識了。」

夕弦催促長老繼續說下去。順帶一提，所謂的房中術，是折紙最擅長的裸體摔角技術。

長老再次點了點頭，凝視仍被雲霧籠罩的塔頂。

「不過，極難破關。即使在魂活寺全部修行完畢，一百人中也難有一人能到達頂層——」

「咦咦……必須通過那道難關才能結婚嗎……？」

「不，並非如此。不過，能習得所有新娘課程的人，無論嫁到何處都出得廳堂、入得廚房、上得牙床吧。而且塔頂有一座鐘，據說敲響那座鐘的話，會提升結婚運。」

「就、就為了那種魔法般的功效而進行嚴酷的修行嗎……？」

「不不不，實際敲響那座鐘的人皆獲得了良緣，還有不治之症的病患因此康復，甚至有人中了彩券。」

「又不是雜誌最後一頁刊登的可疑開運商品！」

小珠皺起眉頭大喊。不過，折紙滿不在乎地向前踏出一步。

「沒問題。請讓我挑戰。」

於是，夕弦也毅然決然地點頭，呼應折紙：

「決斷。那夕弦也要闖關。」

「鳶一同學……連八舞同學都！」

聽見折紙和夕弦說的話，小珠一臉困惑地來回望著兩人的臉。

大概是確認了狀況，長老看向折紙一行人。
「那麼，確定有兩名挑戰者是嗎？我立刻準備訓練服。想報名初級課程的人這邊請——」
然而就在這時，小珠猛力搖頭打斷長老說話。
「不、不！請讓我同行！我不能送學生到那麼危險的場所……！」
小珠微微抖著肩膀，如此說道。感覺她的雙眸隱約透露出「害怕單獨待在這種地方……」的不安與「搞不好很靈驗……？」的盤算，而非身為一介教師的責任感。但折紙姑且假裝沒看見。
長老見狀，揚起嘴角一笑。
「——很好。那麼，血魂雄雌出塔，開門吧！」
原本緊閉的塔門應聲開啟，同時流洩出不知從何處響起的結婚進行曲。

◇

塔內出乎意料地寬敞。從入口處就鋪上紅毯，加上燈光昏暗的關係，難以推斷紅毯的前方有什麼。
折紙一行人在入口處換上訓練服後，一邊注意四周，在幽暗的路上緩慢前進。
「——確認。夕弦的訓練服有穿對嗎？」

「我、我也不知道。以前從來沒穿過……」

夕弦與小珠一副不習慣的樣子發出聲音。

不過，那也是理所當然的事。因為折紙等人身上穿的訓練服，和寺廟廣場上那些修行者穿的一樣，都是婚紗。

以淡色統一色調的禮服、勒緊腹部的束腹、從頭飾開始延展的頭紗，手上不得不握著用美麗花朵製成的捧花。至少這服裝完全不方便活動，真虧廣場上那群修行者能以這種裝扮修練呢。

「話說，我聽說過結婚前穿婚紗會晚婚這種禁忌耶……」

「戰慄。是這樣嗎？可是長老說這件訓練服有提升婚氣的效果。」

「不是吧，況且婚氣是什麼啊……」

「——噓！各位注意，有人。」

折紙感受到微弱的氣息，打斷夕弦和小珠的對話，提醒她們注意。

於是，昏暗的空間頓時充滿光芒，刺痛折紙等人的雙眼。

「咦……！」

「驚愕。這是——」

面對突然其來的事態，小珠和夕弦遮住眼睛。折紙則是以最低限度的動作讓眼睛習慣亮光，迅速掌握四周的情況。

用一句話來概括，那裡是廚房，擺放著小型調理檯、瓦斯爐和冰箱。比起正統的廚房，更像是一般家庭的廚房。

而空間的中央站著一個女人。剃短的黑髮、傷痕累累的面容，她肌肉結實的身體穿的依然是婚紗。但不知為何，婚紗上圍著圍裙，頭上載著三角頭巾，手裡握著用花和緞帶裝飾的菜刀。

「——咯咯咯咯咯……三位挑戰者，歡迎妳們啊。」

她發出具有特色的笑聲，擺動婚紗的裙襬。

「我是第一層的關主，『料理』文繪。打敗我，就允許妳們前往下一層。」

她亮出手上的菜刀一閃，一邊如此說道。鍛鍊有成的身體和魄力十足的面孔，令她看起來像軍人更勝新娘。

「……提問。妳所謂的打倒，具體而言究竟要怎麼做？」

「呵，我要在這裡測試妳們新娘必備的技術之一——廚藝。隨便做一道料理讓我品嚐。不過，料理只能使用這裡有的東西。只要妳們其中一位能讓我心服口服，我就讓妳們過關——好了，誰要先挑戰？」

說完，文繪露出狂妄的笑容。看來對決本身有別於她的外表，還是有確實遵守新娘修業的原則。

於是，小珠從後方走了出來予以回應。

「鳶一同學，這裡請交給我。」

「——老師？妳會做菜嗎？」

折紙略感意外地詢問後，小珠表情有些緊張地點了點頭。

「會。其實老師對自己的廚藝還滿有自信的！畢竟獨自生活了那麼久！讓妳們見識見識小珠的懶人飯！」

小珠用力如此說道，對自己的發言感到有些痛心。

反正按照這關的規矩，折紙也沒必要打頭陣吧。「拜託您了。」折紙簡短地說完，派小珠出戰。

「決定好人選了嗎？那麼——開始！」

文繪說完的同時，不知從何處響起敲打銅鑼的聲音。小珠雖然被鑼聲嚇得顫了一下肩膀，還是開始行動。

「必須先決定要做什麼料理才行……」

她說著打開調理檯旁邊的冰箱。看了冰箱裡面後，露出為難的神色。

「原、原來如此……都是剩菜呢。要用這裡面的食材做出一道菜餚，或許確實難度不低。不過……」

小珠想到了什麼好主意似的笑了笑，從冰箱拿出食材。

「注視。小珠老師打算做什麼料理呢？」

觀察小珠動向的夕弦輕聲問道。折紙看著小珠挑選的食材，開口：

「就她手上拿的材料來看，應該是要做豆腐漢堡排。打算將沒用完的豆腐和根菜類的蔬菜與分量不足以製作成一道菜的剩餘絞肉混合在一起，增加分量。」

「佩服。好費工喔。看起來很美味──」

「呀啊啊啊啊啊啊啊──！」

夕弦的聲音瞬間被小珠突然發出的尖叫聲蓋過。

兩人立刻便知道她慘叫的理由──因為選完材料，開始料理食物的小珠手邊插著文繪射出的金屬籤，正微微晃動。

「妳、妳妳妳這是做什麼啊！很危險耶！」

小珠大聲抗議後，文繪舔了一下夾在指間的金屬籤，邪魅一笑。

「妳在說什麼糊塗話？這可不是單純的料理對決，而是新娘修業。那麼，也必須假設在下廚時受到壞心眼的婆婆妨礙吧。」

「不，這程度已經稱不上是壞心眼了吧！哪有婆婆會射金屬籤啊！」

「沒見識！如果妳跟繼承暗殺拳一族的繼承人墜入情網該怎麼辦！而且對方的母親反對你們結婚，還竭盡全力想除掉妳！」

「怎麼可能有這種事啦！」

「還好有先在魂活寺修行過。」

「竟然是親身經歷嗎！」

小珠對撫摸臉上傷痕乾笑的文繪大吼。

「呵——所以，新娘必須本領高強才行！」

文繪有些自嘲地聳了聳肩，再次射出金屬籤。「喀！喀！」金屬籤刺進金屬製的調理檯。

「噫！噫～～～！」

事到如今，哪還有閒情逸致做菜。小珠連滾帶爬地逃出廚房，回到折紙等人身邊。

「哼，膽小鬼——派出下一個挑戰者吧。」

說完，文繪挑釁般勾了勾手指。折紙瞇起眼睛，踏出腳步。

「鳶、鳶一同學！不要去！太危險了！」

「沒問題。」

折紙不理會小珠哀號般的聲音，來到調理檯前。文繪見狀，揚起嘴角。

「哦，真有種——呢！」

說時遲，那時快，文繪立刻發射金屬籤。

不過，折紙猛然舉起手，用手指夾住射來的金屬籤。

「什麼……！」

「竟然……！」

前方傳來文繪；後方則傳來小珠驚愕的聲音。唯獨夕弦一臉滿足地笑道：「讚賞。不愧是折紙大師。」

「這種東西對我不管用。」

「……有意思！」

——就這樣，折紙開始料理食物。

菜品採用小珠的方針，製作豆腐漢堡排。折紙將小珠準備好的材料放進碗裡。

「喝！喝啊！」

這時，文繪的金屬籤不停在空中飛舞，但折紙挪動身體、轉身閃開，或是用砧板擋下，繼續調理。

「把材料放入碗中攪拌。訣竅是把蓮藕切成能保留口感的大小。」

「哈……！哈哈哈哈！妳這傢伙有兩把刷子嘛！」

「把成形的漢堡排放進均勻上好油的平底鍋煎好。」

「好玩！真好玩！宗方飛刀流奧義·天元殺！」

「最後附上青紫蘇和蘿蔔泥，淋上自製的柚子醋，大功告成。」

用鍋蓋擋下奧義的折紙將盤子遞到文繪面前。

文繪滿身大汗，肩膀上下起伏，氣喘吁吁地露出淒絕的笑容。

「……哈哈。想不到真的讓妳完成了──那我就品嚐看看吧。」

「請用。」

文繪仔細端詳過盤子後，拿起筷子，將豆腐漢堡排送進口中。接著慢慢咀嚼了幾秒品嚐滋味後，一口嚥下。

「……哼，光是能完成料理就已經夠令人吃驚了，竟然還挺好吃。沒得挑剔──好吧，讓妳們前進下一關。」

說完，文繪指向後方的階梯。聽見這個結果，小珠和夕弦拍了一下手並歡呼。

「鳶、鳶一同學，妳太棒了……！」

「盛讚。不愧是折紙大師。」

折紙點頭回應她們後便經過文繪身邊，走向通往二樓的階梯。這時，文繪低垂雙眼，莞爾一笑。

「──真了不起。不過，可別疏忽大意了。二樓的關主遠比我……！」

瞬間，文繪發出高八度的聲音，旋即身體一顫，癱軟在地。事發突然，本打算跟上折紙的小珠和夕弦發出驚愕的聲音。

「怎、怎麼突然……」

「動搖。妳怎麼了……」

「呼……啊……！啊嗯……」

文繪臉頰泛紅，呼吸急促地瞪著折紙。那副模樣，宛如強忍著侵襲全身的快感。

「妳、妳這傢伙，到底……做了……什麼……！」

文繪用迷濛的眼神惡狠狠地瞪著折紙。於是，折紙從懷裡拿出一個小瓶子。

「用大蒜、鱉血、瑪卡和其他藥效強的香料獨自調配而成的東西。功效如妳所見。」

「為……為什麼要讓我吃那種東西……」

「既然是新娘修業，用餐的理應是伴侶——今晚讓妳欲仙欲死。」

「……！」

折紙彎下腰在文繪的耳邊吹了一口氣後，文繪全身痙攣，昏厥過去。

「……效果有點太強了。必須再調整一下。」

「什、什麼……」

「戰慄。折紙大師，真是可怕。」

折紙帶領不知為何嚇得直打哆嗦的兩人，提起婚紗的裙襬走上樓。

「這裡是……」

塔的二樓與一樓截然不同。

粉紅色的燈光照射整個樓層，四周飄溢著焚香般的甜美香氣。這詭異的氣氛令人聯想到夜總會。

「這、這裡是怎麼回事啊……」

「疑惑。氣氛好色情喔。」

「——挑戰者～～妳們好呀～～」

像是要回答一行人的疑問般，樓層深處傳來一道嬌媚的聲音。

循聲望去，發現是一名女性。她身穿布料少得可憐的暴露婚紗——應該說是勉強保留婚紗要素的性感內衣。

「妳們會來到這裡，就代表打敗文繪了吧。真厲害——不過，妳們有辦法戰勝這第二層的關主，『房中術』仁美我嗎～～？」

說完，仁美送了一個飛吻。夕弦與小珠收到美吻後，滿臉通紅地出聲說道：

「猜中。果然——」

「這關是房中術……！」

「哎呀、哎呀，還沒挑戰就這副德性，那怎麼行？結婚就等於要與伴侶行房，總不能永遠像個未經世事的小姑娘吧～～」

仁美嘻嘻笑著，張開雙手。於是，她背後掛著的簾子左右打開，展現出某樣東西。

「什麼……！」

「注視。那是……」

那裡並排著兩張天篷大床，床上分別躺著人形模特兒，枕邊還設有類似儀錶盤的機器。

「呵呵。」

仁美嫣然一笑後走向右邊的床，溫柔撫摸人偶的下巴。那一瞬間，枕邊設置的儀錶盤指針突然上升，又立刻復原。

「如妳們所見，這個人偶全身設有高感度感應器，感到快感時，枕邊的儀錶盤指針便會上升。我們同時愛撫人偶，哪一方先讓儀錶盤的指針置頂就獲勝。其實我本來想用真人的……但這畢竟是新娘修業嘛☆」

仁美打趣似的眨了眼，那副表情明顯透露出從容和堅定的自信。

小珠聽完說明後，依舊羞紅著臉頰，嚥了一口口水低吟道：

「……老實說，這對教育而言不太好，我不希望鳶一同學和八舞同學挑戰……」

「哎呀哎呀，事先磨練好床技又沒有損失。比如說，有某獨裁國家的國王對妳說：『取悅余吧，否則便將妳剝製成標本，永遠讓余欣賞。』之類的——」

「呃，怎麼可能會遇到這種場面——」

「當時真的很感謝有在魂活寺修行。」

「為什麼妳有經歷過啊～～！」

小珠忍不住大喊。不過，折紙毫不在意地走上前去。

「注意。折紙大師。」

「交給我。」

折紙簡短地回答後，坐到左側的床上。仁美見狀，換邊蹺腳，開心地笑道：

「呵呵呵，看來妳很有自信嘛。很好，我們立刻對決吧——比賽開始！」

說時遲，那時快，仁美猛然張開雙手，摟住人偶。

「啊！仁美開始撫摸人偶了！」

「妖豔。多麼挑逗的手法啊。儀錶盤的指針快速上升……！」

「情、情勢不妙，鳶一同學！這樣下去會輸的！」

「說明。要是描寫得過於鉅細靡遺會不太妥當，所以由小珠老師實況報導，夕弦解說。」

「妳在跟誰說話啊，八舞同學！話說，啊啊！仁美竟然對人偶的臀部做出那種事！而且……呀！含進去了～～！」

「佩服。沒想到那個還能這樣使用……受益良多。」

「現在不是講那種話的時候！鳶一同學到底在做什——啊！鳶一同學的手多了好幾隻！」

「驚愕。那該不會是——」

「妳知道什麼嗎？八舞同學！」

「肯定。我聽說過。那是祕拳・千手掌。以超高速移動手部，讓手臂看起來像千手觀音的祕技。我在漫畫裡面看過。」

「漫畫嗎！啊啊！不過鳶一同學的儀錶盤瞬間上升了！」

「燐光。人偶彷彿被千手擁抱一般……！這就是……涅槃境界——！」

瞬間，折紙枕邊的儀錶盤開始閃爍，發出刺耳的警報聲。看來，勝負已分。

仁美目瞪口呆。

「怎、怎麼會……我的榮耀機關槍竟然會輸……」

「啊！原來招式名是叫這個啊。」

「顫慄。好驚人的手腕動作……」

小珠和夕弦低吟般說道，但仁美似乎置若罔聞。她猛然跳下床，凝視著折紙。

「妳的技術……過去到底斬過多少男人……！」

「很遺憾，尚無實戰經驗。」

「妳說什麼……？那妳是怎麼練就這一身功夫的……！」

「…………」

折紙一語不發地下床，吸了一口氣，集中意識，張開雙手緊抱空氣。

於是那一瞬間，夕弦、小珠和仁美都驚愕得瞪大雙眼。

「空、空無一物的地方，感覺……隱約顯現出人影……！」

「刮目。夕弦敢確定，那是……士道！影子士道！被折紙緊抱而感到慌亂不已！」

「怎、怎麼可能……！」

折紙吐了一口氣後，慢慢放下手。

「我能夠憑空想像出真人。」

「哈……哈……」

折紙筆直地凝視仁美如此說道，仁美便無力地笑了笑，並且癱坐在地。

「我甘拜下風……好吧，妳們前進下一關吧。也許妳真的可以打敗……Queen of Bride。」

「…………」

折紙輕輕點點頭，朝通往三樓的道路前進。

——之後的事，可見一斑。

「啊啊！竟然用那種方法除去汙漬！」

「瞬間。立刻便壓制住難纏的鄰居了……！」

「鳶一同學在小孩耳邊竊竊私語，不知說了什麼後原本大吵大鬧的小孩突然安分下來了！」

「稱霸。沒想到去公園的當天就立刻成為公園的霸主……」

「究竟是握有店長的什麼把柄，才能用那麼實惠的價格買到東西～～！」

「財政。折紙大師開始記帳後，存款立刻爆增十三倍！」

就這樣，折紙在魂活寺最難克服的塔裡一路過關斬將——終於抵達Queen of Bride把關的最上層。

「這裡就是——頂樓的房間。」

「終、終於來到這裡了……」

「確信。折紙大師……一定會獲勝。」

小珠和夕弦氣喘吁吁地晃著破爛的婚紗裙襬，如此說道。儘管勝率較低，兩人也同樣一路挑戰各個樓層的關主。

折紙點頭回應兩人說的話，推開最上層的門。最後一室發出轟隆隆的沉重聲響，張開大嘴。

「——！」

踏入房間的瞬間，折紙輕聲屏息。

因為室內的裝潢與巨塔日式風格的外觀完全相反，宛如結婚場地的教堂。紅毯從入口一路鋪去，陽光從華麗的彩繪玻璃射入，閃閃發光。

不過，令折紙感到戰慄的並非奢華的內部裝潢。

而是神父待命的聖經檯前所站的純白新娘。

她散發出的異樣婚氣令折紙寒毛直豎。

「——來了啊。」

凜然清澈的聲音響遍整個室內。光是聽見她的聲音，夕弦便額頭冒汗，小珠雙腿顫抖。

「震撼。這……」

「那、那個人是何方神聖……」

「——Queen of Bride。」

折紙呼喚其名後，新娘便微微一笑，主動掀起蓋在面前的頭紗。

鼻梁端正的白皙面容，淡色的脣瓣描繪出一道弧形。年齡——不詳。外表看起來像是二十幾歲，但她散發出來的老練氣息，說她有五十歲也令人信服。

「歡迎駕到。

——我是『新娘』美佐子，掌握魂活寺所有絕學的女人。」

美佐子如此說道，將手上的捧花輕輕扔向折紙。正是所謂的拋捧花。折紙伸出雙手接住描繪出拋物線飛來的捧花。

不過，那一瞬間。

「唔……！」

掌心裡突然出現的重量，令折紙不禁差點膝蓋觸地。仔細一看，才發現她扔的捧花從花到裝飾都是金屬所製。

「……竟然能一派輕鬆地扔出如此重的捧花。」

臂力實在驚人，或許能與平時的十香一較高下。

折紙在腰腿施力，好不容易恢復原本的姿勢。於是，美佐子慢慢張開雙手。

「哦？竟然能接住我拋的捧花，有兩把刷子嘛──看樣子，妳的婚氣比登塔前增加了不少。在戰鬥中成長了嗎？這下子，有可能讓我久違地使出全力呢。」

美佐子靜靜微笑，用力握拳。

於是那一瞬間，美佐子的身體發射出衝擊波，婚紗的裙襬隨風擺動。驚人的婚氣震撼空氣，巨塔嘎吱作響，彩繪玻璃產生裂痕。

「唔──」

「哇啊……！」

「衝擊。唔唔……！」

折紙壓低重心勉強承受衝擊波，但滿身瘡痍的小珠和夕弦直接狠狠撞到牆壁上。

「哎呀哎呀，妳們兩位，這樣可抓不到金龜婿喲。」

「咦！咦咦！這是怎麼回事！」

「戰慄。好強的婚氣……！」

「……妳們兩個退下。要一邊保護妳們──我無法戰鬥。」

折紙勉強維持姿勢如此說完，美佐子便開懷笑道：

「──呵呵，果然有資格與我對戰的只有妳了。至於要用什麼方法對決嘛──我想想，就像婚禮上那樣交換戒指吧。誰先把自己的戒指戴在對方的手指上誰就獲勝，如何？」

美佐子全身散發出金色的婚氣，舉起左手。戴在她無名指上的戒指閃閃發光。

折紙擦拭臉頰流下的汗水，目不轉睛地回望美佐子的雙眸。

「……求之不得。」

「回答得好──那麼，可愛的新娘，就讓我們來場公平的對決吧。」

美佐子宣言的同時，室內充滿寂靜。

「…………」

「…………」

折紙瞪著好整以暇的美佐子，紋風不動。

美佐子也一樣，敵不動，我不動。高手之間的對決，先動的那一方容易露出破綻。

闃寂無聲的空間中，只有自己的心跳聲如雷般怦怦作響。

不久，當緊張感達到臨界點時，勝負便瞬間決定了吧。

然而——

「……哎呀？」

這時，美佐子的手機突然響起來電鈴聲，一口氣緩和了緊張的氣氛。

「不好意思，我接一下電話。」

說完，美佐子從婚紗中拿起手機，抵在耳邊。

「——喂？健兒？媽媽不是說今天要工作嗎……咦？真是的，知道了，我馬上回去。」

美佐子掛掉電話，一臉抱歉地望向折紙。

「那個～～……不好意思，我小兒子好像發燒了……可以下次再比嗎？」

「…………咦？」

折紙目瞪口呆。美佐子以逗趣的動作雙手合十。

「真～～的很抱歉！下次再來！告辭！」

美佐子扔下傻眼的折紙一行人，再次低頭道歉後便搭後方的電梯下樓了。

「「…………」」

被留在原地的三人面面相覷後，望向留在室內的神父。

「……這是怎麼回事？」

「噢……不好意思喔。美佐子她結婚五次，有八個孩子，現在是單親媽媽，很辛苦。」

「威猛。結婚五次……」

「有八個小孩的單親媽媽……！」

「畢竟是新娘女王，聽說現在還有幾個男人在向她求婚。她擇偶的條件似乎是看誰在離婚時能支付她高額的精神賠償金跟贍養費——啊，從這裡上去就能敲響頂樓的鐘了。」

神父如此說完，也跟著離去。

「「…………」」

三人發愣了一陣子後，爬上頂樓，敲響鐘。

照理說應該達成了目的，不知為何卻有股莫名的敗北感在內心翻湧。

◇

「那麼，差不多該吃晚餐了……呃，嗯？對了，折紙和夕弦怎麼沒來？」

晚上七點，五河家。士道從廚房望向客廳，納悶地歪了歪頭。

平常一到晚餐時間，精靈們自然而然會齊聚一堂，但目前還不見折紙與夕弦的身影。

不過，他們並沒有約好，所有人也並非每天都會到齊。實際上因為工作，美九、二亞和琴里經常不在。不過，耶俱矢在，夕弦卻不在，倒是十分稀奇。

「耶俱矢，妳有聽說什麼事嗎？」

「真相掩埋在黑暗中……啊，不過這麼說來，她好像一大早就出門了。」

「是喔，不知道去哪裡了。太晚回來的話，向〈佛拉克西納斯〉打聽——」

「——我們回來了。」

士道話音未落，客廳的門便打了開來，出現折紙和夕弦的身影。兩人看起來精疲力盡，夕弦更是一踏進客廳就撲倒在沙發上。

「回、回來啦，妳們兩人去哪了啊？好像特別疲累的樣子……」

「——給你。」

即使士道詢問，折紙也沒有回答，反倒從雙肩背包拿出一盒點心遞給士道。

「嗯？這是什麼……魂活豆沙包？」

「伴手禮。」

「喔、喔……謝謝。」

「吃吧。」

「咦？現在嗎？馬上就要吃晚餐了耶……」

「吃吧。」

「我、我知道了啦。」

折紙步步進逼，士道只好從點心盒拿起一個豆沙包，一口咬下——味道本身很普通，不過有種奇妙的香料香味。

當士道細細咀嚼豆沙包時，折紙像是領悟到什麼道理似的深深嘆了一口氣。

「——就結果而言，受益良多。」

「嗯？什麼？」

「結果最強的，就是生米煮成熟飯。」

「妳突然在說些什麼啊……」

這時，士道心臟猛力一震，伸手按住胸口。

「這……這是怎麼回事，感覺……身體好熱……」

「——看我的。」

折紙頓時眼睛一亮，隨後以迅雷不及掩耳的速度亮出雙手，溫柔地撫摸士道全身。由於速度太快，手看起來有好幾隻。難以言喻的刺激侵襲士道。

「喂……！折紙，妳做什麼！不！啊，啊啊啊啊！」

「……！施展。出現了，折紙大師的祕拳．千手掌……！」

「什麼……！折紙，妳在對士道做什麼！」

待在客廳的十香連忙趕了過來，從背後架住折紙。

——雖然不知道折紙和夕弦當天發生了什麼事，但從那天起，士道有好一陣子都不斷受到兩人比往常更積極的進攻。

醜聞美九

ScandalMIKU

DATE A LIVE ENCORE 9

『——好，要唱下一首歌嘍～～！大家跟得上嗎～～？』

美九高聲吶喊，眼下是一片光之草原。

無數搖曳的光芒，伴隨著如風鳴般的歡呼。那是填滿演唱會會場的無數螢光棒的亮光。每道光都蘊含著粉絲們的心意和熱情，試圖將美九推往更高處。美九全身感受著熱情，響起震天的歌聲。

沒錯。如今這天宮體育館正盛大舉辦誘宵美九的紀念演唱會。

容納人數高達兩萬人的體育館，座無虛席。擴音器流洩出來的天使歌聲與享受歌聲而發出的熱烈歡呼聲，振動著場內的空氣。

現場的所有人都認同、渴求、熱愛美九的歌。這個事實令美九無比欣喜。

『————！』

美九在興奮與陶醉中唱完代表歌曲，在舞臺中央擺出姿勢。

瞬間，如雷的掌聲與歡呼聲響徹整個體育館。

古人形容熱烈的掌聲為「萬雷」，確實不無道理。圓頂反射回來的無數掌聲，正如幾萬雷霆傾瀉美九的全身。

——麻痺般的快感。美九眺望著從舞臺上才能目睹的美麗光景，如痴如醉地擦拭汗水。

『那麼——接下來唱的是最後一首歌曲了～』

美九如此宣言的瞬間，觀眾席響起歡呼與惋惜聲。美九微微一笑，吸了一口氣後接著說：

『——以前在我低潮時，有個人支持著我。如果沒有他，我可能已經放棄唱歌了——這首歌，獻給他。』

美九一邊說一邊移動視線——凝視著親友席一角。

那裡坐著美九邀請的士道和精靈們。從舞臺上實在看不清他細微的表情——不過，依士道的個性，聽完她說的話，肯定會回以欣慰的表情吧。

美九莞爾一笑後，像是要射穿士道的心似的，用手指比出槍的形狀，繼續說：

『請聽——My Treasure。』

接著響起歌曲——開始最後一曲。

既然聚集了兩萬人，其中當然包含了各種價值觀和想法不同的人。

受邀參加祝賀會的客人未必都打從心底祝福主賓；參與誓師大會的人也未必都同樣熱情地宣言崇高的理想。

同樣地，造訪當紅偶像演唱會的觀眾也未必都是為了享受歌曲而來。

「呼——」

娛樂記者文月春海在五光十色的體育館角落晃著及肩的齊髮，露出不懷好意的微笑。

「羽原，妳聽到剛才的話了嗎？」

於是，她身旁的後輩記者羽原智華便疑惑地將圓滾滾的眼睛望向她。

「咦？呃，聽是有聽到啦，畢竟難得來看美九九的演唱會。哎呀～～雖說位置很靠邊，但竟然能混進來，實在是太幸運了～～」

「妳幹嘛一副很享受的樣子啊？」

智華開心地揮舞著螢光棒；春海敲了一下她的頭。「好痛～～！」智華做出漫畫般的反應，以怨恨的眼神望向春海。

「前、前輩，妳幹嘛打我啦～～」

「還敢問，妳忘了我們的目的嗎？」

春海瞇起宛如貓科動物的杏眼，望向舞臺上的誘宵美九說道。

「——假如我的直覺沒錯，誘宵美九肯定有男人。」

沒錯。那便是春海來看這場演唱會的目的。

誘宵美九以實力派偶像的身分稱霸演藝圈，但春海的鼻子卻嗅出她背後有男人的味道。

「……真的嗎？我怎麼聽說美九九有一段時間非常喜歡女孩子呢……」

「傻瓜。那是故意營造出來炒人氣的啦。只要說人家不擅長跟男人相處，比較喜歡跟女生在一起，就會有笨男人上當吧？這是偶像慣用的手段。越是愛講這種話的人，背地裡過得都越是滋潤。」

「是、是這樣嗎？感覺美九九在電視上跟可愛的女孩子同臺演出時，偶爾會露出自毀偶像形象的表情……」

「娛樂記者怎麼可以被偶像的演技給騙過去呢，要懂得看穿人心——總之，要是能挖到當紅偶像的醜聞，我們的評價也會水漲船高。」

「水漲船高不是重點，應該說如果不挖到那種程度的新聞，下次人事異動時，可能會被踢到其他部門……」

「太過耿直的記者，容易早死。」

春海對智華的頭部使出一記肘擊後，交抱雙臂接著說：

「她剛才在唱歌前說了有人在支持她吧——那絕對是男人。搞不好還偷偷邀請他到現場。」

「妳、妳怎麼會知道？」

「誘宵美九有時會露出戀愛中少女的表情。啊，妳看，現在也是。剛才的眨眼，肯定是對她男友眨的。在數萬名絲粉的面前對男朋友送秋波讓她覺得很刺激，絕對沒錯。」

「咦……這未免太胡亂猜測了吧？不是每個人都像前輩妳一樣二十四小時都在想男人……」

「誰是飢餓的野獸啊。」

春海揍了智華的腦袋一拳。不過，智華大概也學聰明了，只見她在千鈞一髮之際閃過了攻擊。當時她那種「哼……前輩真嫩」的表情實在令人厭煩至極，所以這下春海抓住她的後頸，讓她無法脫逃。

「呀！」

「總之，鎖定誘宵美九。我一定要挖到她的八卦。」

春海用拳頭按住智華的太陽穴轉動，露出狂妄的笑容。

◇

「呼啊……」

演唱會隔天，美九在龍膽寺女子學院的學生餐廳打了一個大呵欠。

偶像靠的是努力和毅力。美九對體力還算有自信，但在全力以赴開完演唱會後，還是多少有些疲憊。再加上中午的天氣與飽腹感，令美九也忍不住昏昏欲睡。

於是，坐在對面共進午餐的少女們吃驚得望向美九。

「姊姊大人，您累了嗎？」

「畢竟剛開完演唱會。要是您別逞強，請假休息就好了。」

說完，龍膽寺女子學院可愛的美人們露出有些擔心的表情。

「哎呀。」美九擦拭眼涯泛出的淚水，面帶微笑。

偶像可不能讓粉絲感到不安。偶像顧名思義，並非只是唱歌跳舞的存在。

「別擔心～因為今天很溫暖，我只是有點犯睏罷了——而且，就算剛開完演唱會也不能請假不來上學。這樣跟大家相處的時間就減少了呀～～」

「姊姊大人……」

「啊啊，多麼善良呀……！」

聽見美九說的話，少女們一臉感動萬分的樣子，其中甚至有人熱淚盈眶，哽咽哭泣，或是拿出記事本寫下美九說的話。

「……不過，姊姊大人，您可千萬別勉強喲。」

「就是說呀。要是您累倒了，我們該怎麼辦……」

「呵呵呵，謝謝妳們。可是我真的不要緊。有妳們關心我，我就精神百倍。」

美九微微一笑，擺出可愛的姿勢。數名少女看見她那可愛無比的模樣，因此頭暈目眩；而另一群少女則像是崇敬尊貴人物般低頭叩拜。

「大誇張了啦～～」美九苦笑著眺望大家的模樣後，吐了一口氣。
「況且──我今天放學後，打算『順道』去一個地方。」
「……？順道……嗎？」
「究竟要去哪裡呢……？」
這句充滿謎團的話語令少女們歪頭表示疑惑。美九莞爾一笑，豎起食指移到嘴唇前。
「讓人打起精神的地方。這個嘛──可說是『祕密花園』吧。」
說完，美九閉起一隻眼睛。她那小惡魔般的舉動又令數名少女按住心臟，癱軟在桌上。

「！前輩，誘宵美九來了！」
「……！」
智華突然開口說話，害春海嚇得身體一震。調成向後倒的座椅搖晃，置於飲料架喝到一半的罐裝咖啡灑了一些出來。
不過，現在不是在意這種事的時候。春海隨便擦掉濺到襯衫上的褐色水滴後，把座椅調正，拿起望遠鏡，望向智華視線所指的方向。
春海與智華目前正位於──美九就讀的龍膽寺女子學院正門前──說得更正確一點，是在車裡，而且車子停在離正門有一段距離的地方，免得被守衛懷疑。畢竟無法未經許可進入校園，只好在這裡盯梢，直到美九出現。

「終於來了。真是的，讓人等那麼久。」

「……監視的人是我，前輩妳不是只在睡覺而已嗎～～」

智華嘟起嘴脣說道；春海沒有理會她，透過望遠鏡觀察學校。

美九帶著一群少女從龍膽寺女子學院氣派的正門走了出來。

美九以優雅的動作朝她們揮了揮手後，便坐上在正門前等待的黑色高級車。

「坐車啊。尾隨那輛車。記得拉開距離別被發現，但千萬不要跟丟。」

「自己沒駕照，還強人所難……」

「妳剛有說話嗎？」

「沒～～有！請繫上安全帶。」

智華不知為何一臉不滿地握住方向盤。春海拿起相機，以免錯過按下快門的機會。由於突然開車，她的頭猛烈撞上車椅，這才乖乖繫上安全帶。

美九搭乘的車確實遵守交通規則，沒有超速地駛向東天宮的方向。看不出有什麼奇怪的舉動，似乎沒有發現春海她們在跟車。

不知道開了多久，春海拿著照相機，眉毛抽動了一下。

「真是奇怪……」

「？什麼事？」

「車子行駛的方向啊。不是開往誘宵美九家，也不是事務所，錄音室也在反方向。搞不好

……我們一次就中大獎嘍。」

春海揚起嘴角，邪佞一笑。

此時，前方的車輛正巧停車，誘宵美九從中走出。

那是平凡無奇的住宅區一角。公寓和獨棟住宅沿著街道鱗次櫛比地排列著。

「好了，送到這裡就好～回去時再麻煩嘍。」

美九輕輕揮了揮手後，車子便揚長而去。是開往停車場呢──還是美九不打算回自己家呢？

無論如何，美九的目的地似乎是這裡。春海「喀嚓、喀嚓」連續按下快門。

「呵呵呵，世界級偶像來這種恬靜的住宅區做什麼～？」

當春海心中湧起八卦的預感時，美九有了動作。

「──啊！」

她像是看見某人似的綻放笑容，一路奔馳而去。

「……！」

那副表情，簡直就是戀愛中的少女。春海在心中大喊：「來了！」將相機鏡頭朝向美九。

然而──

「七罪～～～！」

「──呃。」

位於美九視線前方的，是一名個頭嬌小的少女。不悅的眼神和翹得亂七八糟的頭髮。看來，似乎是美九的女生朋友。

「……什麼嘛，原來是女的喔。」

兩個女生卿卿我我的照片，根本算不上什麼八卦。春海失望地嘆息，並且放下相機後，四處張望，觀察周圍是否有男人的蹤影。

於是，下一瞬間。

「啊啊……！」

坐在隔壁的智華驚愕得叫出聲來。因為耳邊突然響起宏亮的叫聲，春海不禁嚇得眼珠子直打轉。

「羽原，妳、妳是怎樣啦，別嚇我好嗎！」

「不、不好意思……呃，話說，前輩！妳剛才有拍到嗎！誘、誘宵美九摟住女生的瞬間，那個女生像是被吸光精氣一樣，死氣沉沉！」

「啥……？妳在說什──」

春海納悶地說道，並且將視線移回美九身上，猛然瞪大雙眼。
理由很單純。因為正如智華所說，剛才還站著的女孩宛如空殼般，軟趴趴地倒在地上。
不，不只如此。感覺美九的肌膚與那名女孩的慘狀成反比，變得滋潤有光澤。簡直像是真的吸了精氣一樣。
「這、這到底……」
春海困惑地皺起眉頭後，美九便溫柔地抱起女孩，進入附近的一戶人家。
那是一棟平凡無奇的兩層樓獨棟建築。玄關的名牌上刻著「五河」這兩個字。
「……！那戶人家就是目的地？哦……！我懂了。」
「究竟是怎麼回事啊，前輩！」
「那女孩是誘宵美九男友的妹妹啦！這樣一來，就全都說得通了！」
「原、原來如此……那剛才吸取精力的原理是什麼？」
「我完全不知道！」
春海斬釘截鐵地說道後，撫上車門的門把。
「總之，從這裡看不見。追上去！」
「啊，好、好的！」
春海和慌張的智華一起下車，慢慢接近上述的那棟住宅。

當然，因為圍牆遮擋，無法窺見屋內的情況。春海咂了咂嘴，手扒上圍牆。

「啊，等一下，前輩，妳在做什麼，這樣是非法入侵喔！」

「這張照片關係到我們的將來耶！別怕，不被發現就沒事了……！」

龍膽寺女子學院是有名的私立學校，警備森嚴，但私人住宅的防盜設備沒那麼嚴密。何況她又沒有要偷東西，關鍵時刻再逃跑就好。

「真是的……出了事我可不管喔。」

大概是從春海的表情領悟到多說無益吧，智華也心不甘情不願地跟了上去。春海一臉滿足地點了點頭後，直接翻牆降落五河家的後院。

接著躲在房子的牆後，偷窺疑似面向客廳的大落地窗。

於是，便看見包含美九在內，好幾名少女的身影。

「哇……那些女孩是怎麼回事，全都是藝人嗎……？」

與春海同樣偷窺客廳的智華吃驚地說道。確實正如她所說的一樣，位於屋內的少女們全都是不比美九遜色的美少女。

不過，她們的臉看起來很面生。春海好歹也是娛樂記者，連她都不認識的話，代表還是練習生，要不然就是剛被星探發掘的新人吧。

「不過，都是女生呢。果然只是在開家庭派對吧？」

「不，不可能——」

思考到這裡，春海赫然挑了一下眉毛。

「……我們搞不好挖到比想像中更大的八卦。」

「前輩，妳這話是什麼意思？」

「這是那個……後宮。」

「後、後宮……？」

智華冒汗反問。春海感到亢奮和戰慄地點頭首肯。

「沒錯。像是藝能事務所的社長、企業董事或是政治家等，出錢包養一大堆藝人。」

「是、是這樣嗎？可是，看起來像是普通的住家……」

「這是障眼法吧。任誰都不會想到，竟會在這種閑靜的住宅區中酒池肉林——如果我猜得沒錯，這房子隔壁的公寓就是那群女孩的宿舍。乾爹各買一間高級公寓中的房間給她們。」

「原來如此……啊！前輩，有人進來客廳了！」

以誠摯的表情點頭表示理解的智華突然高聲說道。

「來了嗎……！」

春海立刻按下快門。

走進客廳的是一名少年。中性的容貌、溫柔的雙眸，看起來不像是包養少女們的乾爹。

不過，春海並沒有看漏。乍看之下溫柔的眼眸深處，翻騰著淫蕩的獸慾。

「唔……那就是後宮之主啊。比想像中的還年輕呢。是哪裡的社長或政客的兒子嗎？從少年時期就開始玩女人，真是糜爛呢。」

春海露出邪惡的笑容，連續按下快門。拍下少女們與少年，以及少年與誘宵美九的合照後，加深了笑意。

「呵！呵呵呵……太好了。這可是個大獨家呢。接下來只要挖出那個少年的底細，就完美無缺……」

就在這時，春海打住話頭。

理由很單純。因為有冰冷的東西無預警地抵住她的後頸——

「——別動。」

隨後從背後傳來如此細小的聲音。

「噫……！」

事出突然，春海全身僵硬。片刻後，才發現指著自己後頸的是小刀的刀刃。

——戰慄。春海冒著冷汗，舉起雙手表示自己無意抵抗。

眼角餘光映入襲擊者的身影。是一名美少女，特徵是髮色很淡。不過，她的臉上看不出任何表情，與其說是人類，不如說是人偶或機器人還比較恰當。春海甚至有這種想法。

「那、那個，我不是可疑的人……」
雖然看起來就很可疑，但她不得不這麼說。她牙齒打顫，聲音顫抖。
「…………」
少女對春海說的話和嚇傻的智華不感興趣，搶走春海手上的相機後，單手靈敏地確認相片。
「——原來如此。」
在短暫檢查完春海剛才拍攝的照片後，簡短地如此說道，對她投以冰冷的目光。
「我知道士道很有魅力，但非法入侵私人土地，擅自拍攝照片這種事，實在難以苟同。」
「素、素滴……」
「看在我們同樣喜歡士道的分上，我就不報警了。但我要沒收這些檔案。沒意見吧？」
「沒、沒有……」
雖然不太明白少女說的話是什麼意思，但春海只能如此回答。
少女從相機抽出記憶卡後，操作相機本體，再放回春海的手上，這才終於把小刀從她的脖子上移開。
「呼哈……！」
大概是因為極度緊張，似乎下意識屏住了呼吸。春海踉蹌地用手撐住地面，肩膀上下起伏喘著氣。

「前、前輩，妳還好嗎？」

「呃，嗯……還好……」

春海搓揉著後頸，回答智華後，少女便落下冰冷無情的視線，輕聲告知：

「——這次放過妳。不過，沒有下次了。」

「……！好、好的……」

春海滿臉冒著冷汗，點了點頭後，打算快速離開現場。可是——

「等一下。」

下一瞬間，少女如此說道，立刻向前踏出一步，從春海的胸前口袋抽出原子筆。

「啊——」

春海不禁發出聲音。因為那不是單純的原子筆——而是筆蓋部分內設小型攝相機的物品。沒錯，是以防萬一用的針孔攝相機。

「妳、妳怎麼會知道……」

「原子筆的設計很眼熟。直接使用成品是爛招。我建議先拆解，把攝相機嵌進其他原子筆內。將鏡頭融入花俏的圖案更好——總之，這個我也要沒收。」

「唔……我知道了啦！」

春海不爽地如此說道後，便帶著智華離開現場。

「——有道是『人活著不是單靠食物』。能滿足物質上的欲望確實很爽快，但肚子填飽了，心靈卻空洞的話，人是無法存活的。那麼，滿足心靈的東西是什麼呢？妳已經知道了吧？沒錯——就是七罪的髮香味。」

「……我只知道我根本聽不懂妳在說些什麼。」

琴里瞇起眼嘆了口氣。

由於美九抱著萎靡不振的七罪來到五河家，姑且詢問理由後，美九便像是祈禱般十指交扣，眼神散發著燦爛的光彩，如此說道……那副模樣宛如虔誠的教徒，但她崇敬的，大概是邪神之類的吧。

琴里一臉受不了地聳了聳肩，美九便露出祥和的笑容，繼續說：

「然後，琴里，還有句話是這樣說的。」

「咦？」

「『吃多了肉，會想吃魚也是人之常情。』」

說時遲，那時快，美九正想擁抱琴里時，琴里立刻張開雙手，抓住美九的手。

「喂、喂，美九！」

「討厭啦，有什麼關係嘛～～最近琴里不足，總感覺皮膚變粗糙了～～！」

「不要隨便把別人當成養分好嗎！話說，這跟妳剛才說的話不是互相矛盾嗎！」

當琴里與美九展開攻防戰時，玄關正好傳來聲音，又出現了新的客人——是折紙。

「啊！折紙～～！」

「——！有破綻！」

美九因為折紙而分心。琴里乘機甩開她的手，逃離到後方。琴里的手勁太強，把美九直接甩到趴在地板上。

「討厭啦，琴里真壞心～～」

「真是的……呃，哎呀？折紙，妳手裡拿著什麼啊？」

琴里望向折紙，歪頭表示疑惑。不知為何，折紙手上拿著原子筆和記憶卡。

「——我撿到了好東西。」

「……？是、是嗎？」

雖然不太清楚，但似乎遇見了什麼好事情。琴里看著折紙一臉心滿意足的表情，含糊地如此回答。

「……也罷。這下子就全員到齊了吧？我之前說過，今天是定期體檢的日子。因為〈佛拉克西納斯〉的器材在維修，今天就改在地下設施那邊檢查。」

聽完琴里說的話，聚集在客廳的精靈們回答：「「喔～～！」」躺在沙發上的七罪雖然沒有出聲，也搖搖晃晃地舉起手。

◇

「那、那個女生是怎樣啊……」

「……肯定是那個後宮的主人，或是誘宵美九的保鏢吧。外表雖是可愛的女孩，眼神卻非比尋常……」

從那棟有詭的房屋保住一命的春海，撫摸著至今仍殘留冰冷觸感的喉嚨，發出染上戰慄的聲音。

無聲無息來到背後的技術、冷靜又準確的觀察力，以及若有必要將毫不猶豫割斷春海脖子的冷酷——每一點都不是常人所能企及的。就連過去採訪大牌演員吸毒疑雲時，曾遭一群彪形大漢包圍的春海，也不禁嚇得差點失禁。

「大概是小時候搭乘的飛機墜機，在南美被特殊部隊給救走撫養長大的士兵之類的吧。因為戶籍上被視為死亡，最適合負責『組織』的骯髒工作了。」

「組、『組織』，是什麼組織！」

「我只是隨便說說的啦。」

春海用鼻子冷哼了一聲。

不過，她的確嗅到了誘宵美九跟黑社會有某種掛鉤。恐怕那後宮主人的父母親是大人物吧，否則怎麼可能有辦法僱用那種沒血沒淚的殺人機器。

「……那個，前輩，我想問妳一件事。」

就在這時，智華有些戰戰兢兢地說道。春海簡短地回答：「什麼事？」

「沒有啦，我就想問……我們現在到底在做什麼？」

「做什麼……」

春海皺起眉頭，望向智華。

「——當然是因為在房子附近怕被發現，只好入侵附近的住商大樓，爬到頂樓好用望遠鏡挖到獨家啊。」

「我知道啦！我不是那個意思！」

春海流利地回答後，智華便發出哀號般的聲音：

「妳被警告了吧！被勸告了吧！為什麼反而提起幹勁來啊！夠了，我們回公司吧！」

「妳在說什麼啊？妳記者的血液不會沸騰嗎？這肯定是個大新聞——還是說，妳想夾著尾巴逃回去，被調到一直割紙箱直到退休的部門嗎？」

「總比死好吧！我會努力把紙箱割得漂亮！然後成為部門裡的女神，二十八歲左右跟看到紙箱切口而感動的營業部王牌結婚，共築幸福的家庭！」

「……沒想到妳還挺不要臉的嘛。」

春海瞇起眼睛鄙視地說道，一階一階地爬上逃生樓梯，來到住商大樓的頂樓。智華雖然大聲吵鬧，還是姑且跟著上樓。

「──很好，視野良好，從這裡應該勉強看得見吧。接下來只要那個保鏢沒拉上窗簾……」

環顧四周的春海這時突然停止說話。

──因為已經有人先來到頂樓。

「…………」

一名年約三十的女人，腳踏在頂樓邊緣，窺視著望遠鏡。綁成低馬尾的髮型、沒什麼特徵的面容，棒球帽戴得很低，身穿容易活動的運動服。

「……嗯？」

春海抽動了一下眉尾。

這也難怪。因為她所觀察的方向，正好和剛才春海兩人入侵的那棟房子一致。

於是，大概是感受到春海的視線，女人放下望遠鏡，面向春海。

「妳是誰？」

女人一臉納悶地皺起眉頭如此說道。從她的聲音可以明顯感受到帶刺的警戒心。

「……喔喔。」

春海從她的行動、她銳利的目光和危險的氣息，推測出她的身分，恍然大悟般點頭說：

「——同行。」

「…………」

聽見春海說的話，女人微微瞇起雙眼。

DEM Industry第一執行部諜報員茱蒂．布萊伯利仔細關注著出現在頂樓的那兩個女人的一舉一動。

這也難怪。在自己監視精靈時突然出現，還自稱是同行，要人不警戒才強人所難吧。

「…………」

她一語不發地觀察兩人的容貌。高個兒女和矮個兒女。

似乎在哪裡見過。這也難怪，記得這兩人剛才入侵監視對象五河家，然後被其中一名精靈擊退。

同行——也就是巫師嘍？茱蒂沒聽說要多派要員過來，但她立刻便改變想法——如果她們是

第二執行部的巫師，倒也並非不可能。

直屬艾薩克・威斯考特的第二執行部，是不顧其他任何部門的情況而行動的暴君兼無賴。說起那桀驁不遜的執行部長艾蓮・梅瑟斯，就算企圖搶走第一執行部的功勞也不足為奇。茱蒂警戒中透露出些許的厭惡。

於是，大概是察覺到茱蒂的眼神變化，兩人組出聲說道：

「喔喔，自我介紹晚了。我是《Wednesday》的文月春海。」

「同上，我是羽原智華。」

「……Theoricus number……茱蒂・布萊伯利。」

茱蒂保持警戒，姑且如此回答。

反正她們說的也不是本名吧。對諜報員而言，名字不過是用完即丟的記號。重點是，可以將她們視為和自己一樣，都用顯現裝置改變了容貌吧。也沒聽過「Wednesday」這個部門。是新的部隊嗎——還是說，是某種暗號？

「……有何貴幹？若是打算妨礙我工作，我可不會手下留情。」

「欸欸，不要擺出那麼凶狠的表情嘛。我沒有妨礙妳的意思——只是，盯著他們的不只妳一個。倒是妳，可別妨礙我們工作喔。」

自稱春海的高個兒女以挑釁的語氣說道。茱蒂嗤之以鼻地反嗆：

「剛才魯莽地闖進對象家，還被發現趕出來的人，口氣還真大呢。」
「啊！被看到了……」
智華滿臉通紅地說道。「噓！」春海摀住矮個兒女的嘴巴。
「我那叫突擊採訪啦。有些消息就得這麼拚來啦。」
「哦？那我問妳，妳突擊後，除了得到對象的警戒心外，還得到了什麼？」
「哎呀，我可不會上妳的當。對我們而言，消息就是命根子。竟然想要不勞而獲，未免太陰險了吧？」
「……………」
聽見春海說的話，茱蒂眉頭深鎖——完全猜不出她們的目的。
首先，從剛才起她便用隨意領域籠罩頂樓，然而她們卻沒有表現出任何反應，真是令人難以置信。她並沒有加重多大的負荷，只是對巫師而言，被對象的隨意領域所束縛，就等同於是被人拿小刀架在脖子上。通常感受到對方的隨意領域時，自己也會展開隨意領域才對。
——莫非，她們根本沒有攜帶顯現裝置？茱蒂的腦海裡浮現這種想法。
這麼說來，剛才她們有跟精靈接觸。若當時有攜帶顯現裝置，ＤＥＭ巫師的身分可能會曝光——那她們是故意不帶顯現裝置，佯裝成一般人跟精靈接觸的特工？不過，究竟是為了什麼？當時她們跟精靈交談了什麼樣的內容……？

茱蒂的腦海裡縈繞著無數疑問。諜報員的第六感告訴她，她們肯定握有什麼消息。茱蒂試圖擾亂對方的心神，抬起下巴以有些挑釁的語氣說：

「——真是舌粲蓮花呀。不愧是那個部長的部下，口才那麼好，不如像部長大人一樣，被社長包養如何？」

茱蒂操縱籠罩頂樓的隨意領域說道——以便應付她們情緒激動，衝過來揍自己。

第二執行部的巫師，在ＤＥＭ中是特別狂熱的威斯考特與艾蓮的信徒。如此露骨的侮辱，搞不好會讓她們一時氣不過而說溜嘴。

「咦……」

「妳說的部長……是那個部長嗎？」

不過，她們的反應卻與茱蒂預料中的不同。表情流露出來的與其說是憤怒，更像是困惑。接著嘀嘀咕咕地交談起來。

春海困惑不已。

這也難怪。在盯梢現場碰到同行（叫Theoricus什麼的，沒聽過的雜誌名。是海外媒體嗎？），結果那名記者突然爆料起春海她們公司的醜聞。

而且內容還很勁爆。部長（權田秀男，五十二歲）竟然在當社長（上本和成，六十歲）的小三，兩人當然都是如假包換的男人。

「咦！等一下，部長跟社長……？竟然有一腿嗎？呃、呃……青菜蘿蔔各有所好，我是不打算過問啦，可是雙方都有家庭了吧……？」

「對啊……不過，我聽說部長和社長都處於倦怠期，家庭處於分居的狀態……」

「寂寞與日俱增，身體欲求不滿……」

「不久後，兩人為了填補彼此空虛的心靈而發展成禁忌的關係……」

春海與智華接頭接耳後，不約而同地發出「嘔……」的嫌棄聲。

結果，大概是看見兩人的反應吧，自稱茱蒂的記者一臉疑惑。

「……妳們不生氣嗎？」

「不，該說是生氣嗎？應該算是深感意外吧……」

「沒想到我們公司的環境竟然如此糜爛……應該說，我到現在才知道這麼大的八卦，覺得有點丟臉。」

「就是說呀……說到我們知道的部長八卦，頂多只有最近為漏尿所苦，或是戴著一看就很假的假髮而已……」

「——啥？」

春海若無其事地說道，茱蒂發出變調的聲音。

「等、等一下，是真的嗎？那個部長嗎！」

「咦？有必要這麼驚訝嗎？在我們部門算是人人皆知的八卦。漏尿嘛，畢竟年紀到了，也無可奈何，但假髮方面倒是希望他能戴得自然一點，不然挨罵還會不小心笑出來。」

「……妳們說這種話沒事嗎？不會被部長殺掉？」

茱蒂有些擔心地說道……感覺對方爆的八卦還比較猛。

就在這時——

「——！」

瞇起眼睛，冷汗直流的茱蒂瞬間抽動了一下眉毛，望向五河家的方向。

一改剛才因困惑而皺起的臉，以沉著的面容觀察五河家。那反應與切換的速度，宛如間諜電影裡出現的專業特工。

「……出門了啊。」

茱蒂說完這句話後，揹起放在腳邊的背包，穿過春海和智華身邊，走下逃生階梯。

「哇！怎、怎麼突然急著走？」

「……我也不太清楚，好像是誘宵美九有動作了。怎麼能被她搶先一步。我們也追上去！」

「好、好的……！」

春海與智華追在以驚人的速度下樓的茱蒂背後。

◇

「……唔嗯。」

茱蒂躲在巷弄裡，以銳利的目光凝視著對面的住商大樓。

因為離開五河家的精靈們，剛才走進了那棟大樓。乍看之下只是棟平凡無奇的大樓，但恐怕是〈拉塔托斯克〉所擁有的資產吧。

儘管想調查究竟是何種設施，但深入調查過於危險。總之，今天只要知道她們的所在地就好。茱蒂如此判斷，打算將設施的位置資訊輸入攜帶型終端機。

然而——

「前輩、前輩，她們剛才走進那棟大樓了。」

「是啊……看起來很可疑。搞不好是地下賭場或會員制的約會俱樂部……？我要拍到現場照片。」

茱蒂聽到這樣的聲音，因此停止動作——因為疑似跟著她過來的春海和智華，打算進入那棟住商大樓。

「等一下。」

茱蒂抓住兩人的後頸，將她們拉進巷弄。

「呀！」

「喂，妳幹嘛啦！」

「……那是我要說的，妳們找死嗎？」

茱蒂瞇起眼睛說道後，春海便浮現猖狂的笑容。

「正所謂，不入虎穴焉得虎子。難道妳認為不冒風險就能得到成果嗎？」

「呃，可以的話，我是不想死啦……」

智華苦著一張臉說道。「沒志氣，給我閉嘴。」春海戳了戳智華的頭。

「妳是叫茱蒂吧？妳不想去就在那邊等。看我大顯身手就好。」

「唔……」

聽見挑釁的話，茱蒂咬牙切齒。

在這種狀況下闖進敵人設施內，顯然很危險。不過，若是繼續袖手旁觀，很可能會被第二執行部搶走至今所有的功勞。

茱蒂思考片刻後，輕輕咂了咂嘴。

「……沒辦法，我也一起去。」

「咻～～很果斷嘛。雖然是競爭關係，我還是很佩服妳的決斷力。」

春海一臉欽佩地吹了吹口哨。茱蒂吐了一口長氣，並且操作隨意領域。

「──我會用隨意領域暫時矇騙入口的監視器。妳們沒帶顯現裝置吧？那就盡量跟緊我。」

「……前輩、前輩，這個人突然在說些什麼啊？」

「……不要多問。有時候面對大案子，必須振奮精神才行。」

智華與春海竊竊私語。「走嘍。」茱蒂簡短說道，走向住商大樓的入口。兩人踏著緩慢的步伐跟上去。

不出所料，大樓的入口處果然有設置監視器。茱蒂用隨意領域暫時妨礙監視器，一邊企圖解除大門的電子鎖。

不過，當她在隨意領域內干涉電子鎖後，發現電子鎖也施加了顯現裝置。如果硬要解鎖，便會觸動警報，但也沒時間破解密碼。還是先撤退再說──

「嗚哇，門鎖起來。要怎麼樣才能打開？」

「隨便輸入幾個數字吧。順帶一提，我今天的幸運數字是十三。」

「好，輸入吧。」

春海與智華如此思考後，隨便按電子鎖面板。茱蒂驚慌失措地將拳頭落在兩人的腦袋上。

「呀！」

「好痛！妳幹嘛啦！」

「那是我要說的話。我會想辦法破解，別擅自行動——」

不過，茱蒂這時卻瞪大雙眼。

因為春海她們亂按的面板竟然發出「嗶嗶」聲，隨後自動門便打了開來。

「咦——」

「嗚哇！開了。」

「哇，真幸運耶～～」

兩人語調輕鬆地說道後，走進大樓。茱蒂嚥了一口口水，凝視她們的背影。

——難道她們破解出密碼了？不使用顯現裝置，在這麼短的時間內就破解出來？

雖然不知道她們是怎麼破解的，只能說不愧是第二執行部的巫師吧。茱蒂心裡緊張的同時，也加強警戒心，握緊拳頭跟在兩人的後頭。

大樓內部有一臺小電梯跟數扇門。茱蒂瞇起眼睛，以隨意領域掃描周圍的情況。確認門後只是空房，而二樓以上也沒什麼設備。

「……原來如此，主要設施是在地下嗎？」

她簡短說道後，便像剛才一樣欺騙監視器，走進電梯，操作面板。茱蒂一行人聽著低吟般的聲音，到達地下樓層。

走出電梯後，前方是一條寬闊的走廊。以白色構成的牆壁、地板和天花板，點著朦朧的燈光，道路往前方和左右三個方向延伸而去。

茱蒂立刻操作隨意領域，查探周圍數公尺的情況。好在沒看見任何機構人員的身影。

於是，春海與智華經過茱蒂的身邊，向前走去。

「哇～～……這裡是怎樣，感覺跟預料的不一樣……比起地下賭場，更像科幻場景……」

「就是說呀……感覺好像古老動畫中的祕密基地喔。沒想到天宮市地下會有這種地方……」

兩人一邊說一邊拿起手上的相機到處拍攝周圍的照片。看見她們毫無防備的模樣，茱蒂不耐煩地露出銳利的視線。

「妳們兩個太大意了。別忘了這裡是敵人的設施，要是被巫師或精靈發現，該怎麼辦？」

茱蒂以嚴厲的口吻訓斥後，春海和智華一臉納悶地發出疑惑聲：「……咦？」

「巫師？精靈？」

「那是什麼意思啊？是什麼行話嗎？」

「……啥？」

看見兩人的反應，這次換茱蒂雙眼圓睜。

「…………我姑且確認一下。」

茱蒂沉默數秒思索後。

輪流望向春海和智華的臉，繼續說：

「妳們知道這裡是〈拉塔托斯克〉的設施吧？」

「〈拉塔托斯克〉……？」

春海聽見陌生的詞彙，歪頭表示疑惑，但立刻捶了一下手心。

「啊！該不會是這個設施的名字吧？俱樂部〈拉塔托斯克〉啊。原來如此，聽起來就很像黑店。光是挖出這裡的顧客，應該就能上頭條了吧。」

「…………」

春海拿起筆在記事本上一邊書寫一邊說道，茱蒂不知為何臉頰一顫一顫地抽搐。

「……不知道。所以說，妳們並非DEM第二執行部的巫師吧？」

「就說了，巫師到底是什麼啊？啊，該不會國外是這麼稱呼記者的吧？他們如施展魔法般於空中翱翔，揭露驕者的祕密。那副模樣，宛如現代的巫師——之類的？」

「呀～～好酷喔～～」

「……記者……」

茱蒂的臉頰抽搐得更厲害了。不久後，她低下頭，隔著棒球帽胡亂搔了搔頭髮。

「原來如此、原來如此……我就覺得奇怪。不過，原來是這麼回事啊……」
然後囈語般嘀咕起來。看見她那非比尋常的模樣，春海流下汗水，探頭想窺視她的臉。
「那個～～……妳沒事吧？身體不舒服的話，回去也沒──」
瞬間，春海停止話語。
不，正確來說，是半強制地閉上嘴。
因為她宛如被一雙隱形的手束縛住似的，身體不得動彈。
「咦……！這、這是怎麼回事……鬼壓床嗎？」
「前輩，我、我動不了……！」
春海與智華發出哀號般的聲音後，茱蒂便緩緩抬起頭。
「我是這麼認為的。這次會演變成這樣的事態，全是因為第二執行部平常愛橫行霸道，絕不是我笨。全是梅瑟斯部長不好。妳們也這麼認為吧？」
然後，帶著迷濛的雙眼如詛咒般如此低喃。老實說，春海根本聽不懂她在說什麼，然而春海卻沒有膽量反駁她。春海淚眼汪汪地不斷點頭。
「沒、沒錯沒錯！對吧，羽原！」
「就、就是說呀！都是那個梅瑟斯部長不好！」
「是啊，沒錯──不過，既然被妳們知道了這麼多，就無法平白讓妳們回去。必須消除妳們對此處的記憶。畢竟沒有專用的顯現裝置，手法會稍微粗暴一點，不過死不了的。最壞的情況，頂多只會想不起自己叫什麼名字罷了。」

茱蒂說著無比可怕的言論，將手慢慢地伸向春海的腦袋。春海試圖想辦法逃離，身體卻不聽使喚，完全無法動彈。

「不要！嗚喔～～！住手啊啊啊！」

「前、前輩～～～～！」

不過，當茱蒂的手正要碰到春海的時候——

「〈破軍歌姬(Gabriel)〉——【輪旋曲(Rondo)】！」

不知從何處傳來這樣的聲音，同時響起演奏樂器般的流麗聲音——

一股無形的衝擊將茱蒂擊飛，撞上左方的牆壁。

「咳咳……！」

茱蒂吐了一口短氣，當場癱倒在地。束縛住春海與智華的隱形之力瞬間消失，兩人的身體重獲自由。

「嗚喔……喔喔。」

「前輩！妳沒事吧，前輩！」

「我、我沒事……不過，剛才到底是……」

春海抬起頭——才發現。

是誰拯救了自己與智華。

「誘、誘宵……美九？」

沒錯。站在眼前的，正是春海與智華一直在追蹤的偶像，誘宵美九本人。

不，不只如此。美九如今身穿宛如將光固體化的美麗洋裝，還帶著閃閃發光的鍵盤。這異常的模樣，實在難以用舞臺裝來解釋。這才是彷彿使用魔法般的姿態。

「哎呀～～妳認識人家嗎？話說回來，剛才真是好險呢～～還好人家聽見怪聲音，過來一探究竟～～」

美九以可愛的動作如此說道，便有數名少女從她的後方跑來。

「美九！」

「啊，琴里。」

跑在最前頭的嬌小少女——琴里來回望向春海兩人與暈厥的茱蒂，盤起胳膊，露出疑惑的表情。

「到底發生什麼事了？這些人是？」

「倒在那裡的，大概是ＤＥＭ的巫師。因為她使用了顯現裝置。至於這兩個人嘛——人家就不知道了～～」

美九伸出一根手指抵著下巴，歪了歪頭。從這不經意的一個小動作，都能看出偶像應該隨時保持可愛的敬業心態。

「果然是ＤＥＭ的巫師啊。我是有發現有人在到處打探，只是沒想到竟然會如此露骨地闖入別人的地盤——總之，這個人我要帶走。看來有許多事情必須盤問。」

琴里嘆息說道後，便將視線移回春海與智華身上。

「——所以，妳們是誰？跟那名巫師是什麼關係？潛入這個設施的目的是什麼？我勸妳們別說謊，也別保持沉默。否則我就只好嚴刑拷打了。」

外表看起來明明只有國中生左右，不知為何，她的視線卻莫名充滿魄力。春海與智華不禁縮起身子。

「呃，不，我們是……」

當春海絞盡腦汁思考要如何度過這個難關時，淚眼汪汪的智華卻率先開口：

「不、不好意思，我們是雜誌記者！只是在挖誘宵美九的八卦而已！我們什麼都不會說的，請饒命……！」

「喂，羽原！」

春海連忙摀住智華的嘴巴，然而為時已晚。因為重要的情報大多說了出去。
大概是因為智華輕易便招供，琴里表現出一副難以判斷真偽的模樣，瞇起眼睛望向美九。
「……妳覺得呢？」
「嗯～～聽聲音，感覺不像在說謊呢——不過，原來如此呀。在挖人家的八卦……嗯～～一想到人家二十四小時被兩名職業女性風的大姊姊盯著看，感覺有點興奮呢～～」
美九臉頰泛紅，扭動身體。琴里見狀，嘆息道：「還是老樣子……」
「話說回來，妳們是雜誌記者……啊。哎，畢竟美九也算是偶像嘛。」
「討厭啦，什麼叫『算是』呀～～」
聽見琴里說的話，美九鼓起臉頰。不過，琴里滿不在乎地繼續說道：
「不過，沒想到妳們竟然會不惜潛入這種地方。很抱歉，既然妳們知道了〈拉塔托斯克〉的事，我就不能放妳們直接回去。必須消除妳們一連串相關的記憶。」
「呀～～！結果還是跟剛才一樣的模式嘛！」
「前、前輩～～～～！」
春海與智華發出哀號，抱在一起。於是，琴里無奈地聳了聳肩。
「放心吧，除了相關記憶以外，都不會受到影響。來，往這邊走，過來消除——」
琴里話音未落，美九便敲了敲她的肩膀——不知為何，雙眼散發出十分燦爛的光芒。

「琴里、琴里，方便的話，可以把這個任務交給人家處理嗎？」

「咦？」

「妳看嘛，只要用〈破軍歌姬〉施加暗示的話，對腦部的負擔會小於用顯現裝置來處理。況且，人家也對記者會揭發人家什麼祕密有點好奇～～」

「啊～～……」

琴里思考片刻般低吟後，瞬間向春海與智華投以憐憫的眼神。

「……也好。不過最後得讓我檢查一下，看是否有暗示成功。」

「！好！那是當然！」

美九由衷喜悅地如此說道，踏著帶有節奏的步伐繞到春海與智華的背後。

然後揪起兩人的後頸，直接把人拖走。

「來！記者姊姊，往這邊走！反正最後都會忘記，在暗示前讓人家問話一下！其實有好茶可以喝喲～～！」

「咦？啊，等一……好大的力氣……」

「等一下。咦？為什麼大家要用同情的眼神看我們？為什麼雙手合十？等……嗚哇，呀啊啊啊啊啊！」

春海發出哀號，設施的門也同時關上。

◇

「…………啊～～…………」

隔天早上。春海按著陣陣抽痛的腦袋，慢步在通往《週刊Wednesday》編輯部的走廊上。

感覺身體莫名地疲乏。大概是昨晚喝多了吧……之所以會加上「大概」這個詞，是因為不確定自己是否喝了酒，但鑑於現在的狀態，也只能如此推斷。

畢竟整整缺少了一天的記憶。今天早上起床時，自己還確認過好幾次智慧型手機的行事曆。

「好累喔……有多少年沒喝酒喝到失憶了……」

春海呻吟般自言自語地走著，在編輯部門口碰到智華。

智華也露出和春海相同的表情，踏著沉重的步伐走路。看來，她昨晚也喝多了。

「啊……早安，前輩。」

「早……羽原，妳怎麼了？」

春海慵懶地回以問候後，瞇起雙眼。

理由很單純。因為她的脖子露出小小的瘀血痕跡——也就是所謂的吻痕。

「……我是不反對啦，但妳好歹也遮一下吧……」

「咦？哇！什麼時候有的……」

智華一經提醒才赫然驚覺地遮住脖子——然後，瞪大雙眼。

「前輩妳還說我，妳自己還不是一樣。」

「咦……？」

春海一聽，才用小鏡子照自己的脖子。正如智華所說，脖子印有明顯的吻痕。

「嗚哇，真的假的啊……我昨天到底做了什麼……」

「……咦！妳不記得了嗎？我脖子上的吻痕該不會是前輩妳留下的吧？」

「怎麼可能——我想應該不是吧……」

當春海與智華兩人之間的氣氛有些尷尬時，看見兩人的總編從樓層的內部出聲叫喚：

「文月、羽原，過來一下。」

「啊……好的～」

春海慢悠悠地回答後，與智華一起走向總編的座位。總編大概是發現兩人懶洋洋的模樣，納悶地皺起眉頭。

「……妳們兩個怎麼了，身體不舒服嗎？」

「啊，不……沒有……」

春海苦笑地說道後，總編便輕聲嘆息，重新打起精神繼續說：

「也罷。話說，之前那件事辦得怎麼樣了？」

「……什麼事？」

「誘宵美九的事啊。妳不是幹勁十足地說絕對會挖出她的醜聞嗎？事情進展得如何？」

瞬間——

春海與智華的指尖不知為何微微顫抖了起來。

「什……妳、妳們怎麼了？」

「沒、沒事……只是……一聽到這個名字，突然感到一陣寒意……」

「不不不不好意思，總編，可以把我們換去負責別的事情嗎……？」

兩人牙齒直打顫地提出訴求後，總編被她們神祕的魄力給震懾，回答：「喔，好……」

此後，業界內流傳著誘宵美九背後有可怕的組織撐腰，到處打探她的消息會有危險的傳聞

——這又是另一個故事了。

精靈郵輪之旅

CruisingSPIRIT

DATE A LIVE ENCORE 9

一陣長長的汽笛聲震動碼頭的空氣。

停在四周的海鳥同時發出可愛的叫聲，飛向天空。

下意識地追逐那群鳥兒描繪出的軌跡時，巨大的建造物映入眼簾。那是一座雄偉壯麗的白城，側面具備多扇窗戶，上方則具備無數煙囪。

不過，目睹這座白城的人馬上便察覺到了吧——它並非聳立於堅固的地面，而是聳立於搖曳不停的海浪上。

「什麼……！這就是船嗎！」

夜刀神十香仰望巨大的船體，發出染上驚愕的聲音。如水晶般美麗的雙眸瞪得圓滾滾的，如夜色烏黑的長髮好似表達出她的心境般，隨海風狂亂地飄揚。

不過，這也難怪。因為聳立在眼前的船舶的震撼力，就是如此驚人。實際上，士道也和十香一樣，雙眼圓瞪，目不轉睛地凝視著那巨大的船體。

「瑪莉賽蓮號」，是賽蓮郵輪公司引以為傲的大型客船——也是五河士道一行人即將要搭乘的船隻。

沒錯。士道與精靈們現在推著行李箱來到海港，準備進行三天兩夜的郵輪之旅。

「啊啊……好壯觀啊，宛如大樓浮在海面上。」
當士道發出讚嘆時，背後傳來愉快的笑聲。
「喵哈哈，這反應真不錯，不枉我帶你們來這趟了。你們可以再多感動得抽泣喔～～」
戴著紅框眼鏡的女性交抱雙臂開心地笑道。
本条二亞。與十香一樣是〈拉塔托斯克〉保護的精靈，也是當紅漫畫家，更是——這次旅行的發起人。
沒錯。士道一行人之所以來到豪華客船停泊的海港，正是因為二亞在出版社宴會所舉辦的摸彩環節，抽中了豪華客船的郵輪之旅船票。
不過，說得更正確一點嘛——
「——幹嘛說得那麼臭屁啊。」
「好痛！」
二亞的身體搖晃了一下，同時響起「叩！」的清脆聲。
於是，一名用黑色緞帶將頭髮綁成雙馬尾的嬌小少女，從她身後現身——她是士道的妹妹，同時也是〈拉塔托斯克〉的司令官，五河琴里。
「因為抽中雙人票，就搶先打算只約士道一個人的是誰啊？其他人的旅費是〈拉塔托斯克〉出的吧。」

「討厭啦～～別潑我冷水嘛，妹妹～～結果圓滿不就行了。好期待跟大家一起參加的郵輪之旅喲～～！」

說完，二亞扭動身軀。聽見二亞滿嘴油腔滑調，琴里與站在她身後的精靈們紛紛嘆息。

「哎……算了。不管理由是什麼，難得來參加郵輪之旅，不盡興就吃虧了。這一點我倒是同意——大家，我們上船吧。」

「「喔～～！」」

精靈們回應琴里如此說道，便前往「瑪莉賽蓮號」的乘船口。

◇

「——這裡是小貓1號。準備得如何？」

『小貓2號。很順利。』

『小貓3號。沒問題。』

『小貓4號。這裡也是。』

「很好，今天么六洞洞時，執行計畫。別大意了。」

『嗯，我知道。』

『不過，都已經如此精心準備了，不可能會失敗。只要沒有前軍人廚師搭上這艘船。』

『哈哈，沒錯。』

「就說別大意了。這是崇高的使命。一切為了我們的女神——嘻嘻嘻嘻嘻！」

『嘻嘻嘻嘻！』

『嘻嘻嘻嘻！』

『嘻嘻嘻嘻嘻！』

◇

「——好了。」

辦好乘船手續，將行李放到各個船艙後，士道一行人在船的入口處集合。

高高的天花板吊著閃閃發光的水晶吊燈，牆上裝飾著美麗的畫作。階梯扶手設計精緻，腳下鋪滿厚地毯，宛如高級酒店一樣。若非有海浪輕輕拍打船體，導致船體傾斜晃動，都差點忘了自己身處海上呢。

而士道一行人的船艙當然也不例外。

船艙共有六種等級。士道一行人的房間全是套房，格局十分奢華。

順帶一提，房間的分配是十香和六喰、琴里和折紙、四糸乃和七罪、耶俱矢和夕弦、美九和二亞兩人一間，多出來的士道單獨一間房。

雖然一開始二亞抱怨道：「咦～～我抽中的票邀請的是少年，我們應該要睡同一間吧！欸嘿嘿，少年，今夜你別想睡嘍～～」但可能是畏懼其他精靈尖銳的視線吧，最後還是同意了上述的房間分配。

「行李也放到房間了，那到吃晚餐前的這段時間先自由活動吧。」

「嗯，這主意不錯……大家從剛才開始就一直蠢蠢欲動，想在船上探險呢。」

琴里聳了聳肩，回答士道。

正如她所說，十香、八舞姊妹和其他精靈從剛才起，眼神就閃閃發亮。

「晚上好像有規定穿什麼服裝，大家下午五點回房間，各自換好衣服再集合。知道了嗎？」

「嗯！」

「了解！」

「首肯。知道了。」

琴里說完後，十香等人用力點了點頭。那強勁有力的同意，宛如面對美味的飼料，等待主人允許的小狗。

琴里見狀，苦笑地望向士道。士道也回以和琴里類似的表情，對大家發號施令：
「好，那麼——原地解散！」
「「喔喔！」」
士道說完後，十香等人同時拔腿就跑。
士道從她們的背後提醒：「不用要跑的，危險～」十香等人肩膀一顫，以無限接近奔馳的速度快步前行。
「好了～那我也稍微四處逛逛。我記得有賭場吧？我一直很想體驗一次看看呢，船上賭場。有種希望之船的感覺呢。」
「啊！也有溫水游泳池耶！七罪，我們一起去吧～～！」
「咦……不要……」
其他的精靈也妳一言我一語地朝各自想去的場所前進。
目送大家的背影後，留在入口處的琴里望向士道。
「好了，那我們也到處逛逛吧。」
「嗯，也好。那先逛……」
士道一邊說，一邊看向手上的船內地圖。
「我有很多好奇的地方想去，但先去交誼廳看看吧。」

「好耶，那就走吧——不過，你可以等我一下嗎？」

「嗯？怎麼了？」

琴里突然如此說道後，在口袋裡摸索。士道一臉納悶地歪了歪頭。

不過，謎底立刻便揭曉了。因為琴里從口袋拿出白色緞帶，以迅雷不及掩耳的速度重新紮好頭髮。

「好！那我們走吧，哥哥！」

說完，琴里握住士道的手。她的表情和語氣溫柔得與剛才的琴里判若兩人。

沒錯。琴里會根據綁頭髮的緞帶的顏色，對自己施加強烈的思維模式。繫上黑色緞帶時，是可靠的司令；而繫上白色緞帶時，則是符合她年紀的可愛妹妹。

原來如此。用膝蓋想也知道，哪種模式更適合在豪華客船內溜達。

「好，走吧！」

「嗯！」

士道大大地點點頭後，便和琴里在船內走動。

◇

「——瞠目而視吧！這便是本宮必殺的烈風大旋陣！」

耶俱矢高聲吶喊，以誇張的動作按下吃角子老虎機的按鈕。

第一個、第二個、第三個滾筒依序停止，連成硬幣的圖案後，機臺便響起輕快的效果聲，並且閃閃發光。

「喔！耶俱矢，真有妳的～～」

坐在她左邊的四糸乃——正確來說，是戴在她左手的兔子手偶「四糸奈」見狀，靈巧地鼓起掌來。

耶俱矢等人目前來到船內的賭場。除了吃角子老虎機外，還擺放著二十一點、玩撲克牌和輪盤等桌檯，每桌都附有一個荷官。這個空間在熱鬧的船內，充滿了一種獨特的緊張感和激昂感。

「耶俱矢……妳好厲害喔。」

繼「四糸奈」後，四糸乃也露出閃閃發光的眼神說道。耶俱矢得意洋洋地挺起胸膛。

「呵！本宮一出手，便知有沒有。四糸乃妳也要加油——」

耶俱矢話音未落，四糸乃旋轉的滾輪便開出大獎，響起比耶俱矢中獎時更氣派的音樂。

「呀……！中獎了……」

「哇啊～～！好有派頭喔～～！」

「…………」

耶俱矢比較四糸乃的機臺與自己的機臺後，不甘心地握緊拳頭。

……不過，有贏錢就不錯了吧。耶俱矢瞥了一眼右邊的座位。

那裡——

「……奇怪……這絕對有問題……啊，啊哈哈哈哈……錢……我的錢有去無回……」

有著以空洞的眼神玩吃角子老虎的二亞的身影。

她的慘狀，實在令人難以認為與十幾分鐘前才剛說過「咦？小矢跟糸糸兩人都是第一次來賭場嗎？真拿妳們沒辦法～～！就讓我這個經驗老道的大姊姊來教、妳、們、吧！」這種話的人是同一人物。

耶俱矢露出目不忍睹的視線凝視著二亞。不久後，二亞垂頭喪氣地趴倒在吃角子老虎機上。

「二、二亞……？」

「討厭啦！」

耶俱矢憂心忡忡地出聲攀談後，二亞突然像彈簧般抬起上身。

「玩機臺不好玩啦！就是這樣沒錯，機器子！賭博的精髓是跟荷官對決！我們去玩輪盤吧，輪盤！」

然後如此說道，購入輪盤用的籌碼後，到輪盤桌就坐。耶俱矢與四糸乃對視後，跟在二亞後頭，走向同一桌。

「好了，剛才只是隨便玩玩，接下來才要拿出真本事～～輪盤是賭場的精華，荷官與賭客的針鋒對決。不只靠運氣，還必須靠經驗與敏銳的直覺才能獲勝的激烈戰場。呵呵呵……小矢跟糸糸有辦法生存下來嗎……？」

說完，二亞凝視著兩人，露出猖狂的笑容。

——於是，數分鐘後。

「黑15。」

「啊……押中了。」

「嗚哇，真的假的？本宮只有押中顏色。」

「為什麼啊啊啊啊啊啊啊啊啊啊啊啊啊啊啊啊啊啊！」

二亞難聽的吶喊聲響徹整個賭場。

四糸乃的手邊堆積著與剛才無可比擬的籌碼。

耶俱矢的手邊堆積著與剛才所差無幾的籌碼——

而二亞的手邊則是，一枚籌碼都沒有。

「為何……為何會這樣……」

「……還問為什麼，妳從剛才就只押一個地方，而且一次下的賭注金額還高得要命……」

「一口氣大逆轉才叫作賭博吧！豪賭哪裡不好了～～！」

「呃，是誰剛才說要靠經驗和直覺的？」

耶俱矢受不了地大喊後，二亞便慢慢從座位上站起來，站到四糸乃的身後。

「哇啊～～……妳的手氣好像正旺呢，糸糸──不，四糸乃大人……」

「四、四糸乃大人……？」

「咻～～二亞好狗腿喔～～」

四糸乃一臉困惑；「四糸奈」則是傻眼地如此回答。不過，二亞滿不在乎地露出諂媚的笑容，按摩四糸乃的肩膀。

「我說啊～～如果您願意，可否施點恩惠，一點～～點就好，給我這個可憐的貧民呢……？我下次肯定能押中！只要有本錢，絕對能贏錢！我會加倍把錢還給您的！好嗎？我有個夢想。為了這個夢想，必須投資……」

「呃，最後那句話已經是小白臉才會說的話了吧！四糸乃，別被騙了！這傢伙根本沒那個本事！」

「沒、沒關係……我又用不到那麼多錢，妳拿去用吧。」

「真的嗎！哇啊，我真是愛死妳了。我果然不能沒有四糸乃……」

「四糸乃啊～～～～！」

即使耶俱矢發出悲痛的吶喊，四糸乃也充耳不聞。呼吸急促的二亞毫不客氣地奪走四糸乃的籌碼。

「——來吧，荷官！再賭一局！我要把我的籌碼贏回來！」

然後，把剛才的教訓全都拋諸腦後，用剛才從四糸乃那裡搶來的籌碼全部押黑22。連荷官也不禁露出五味雜陳的表情。

「您真的要全押嗎？」

「當然！就是陷入絕境時才會散發出主角光環啊！我相信我的友情籌碼！」

二亞不知為何自信滿滿地握緊拳頭。她的眼眸宛如少年漫畫的主角般，（看起來）燃燒著熊熊烈火……該怎麼說呢？有些話從她嘴裡說出來，明顯缺乏說服力。四糸乃露出苦笑；耶俱矢則是臉頰流下汗水。

「原、原來如此。那我要開盤嘍。」

於是，荷官扔下珠子——

「……………………………………歪腰。」

二亞心如死灰。

該說是不出所料嗎？開盤的結果根本與二亞下注的數字八竿子打不著邊。

「啊～～……真是的。」

「二亞，妳、妳沒事吧？」

然而，賭場內的氣氛卻與結果相反，喧鬧不已。

理由很單純。因為跟著二亞隨手一押的四糸乃又中了三十六倍的賠率。

從賭輪盤開始，已經十連勝。簡直是鴻運當頭。

「……這、這位客人，不好意思，可以讓我檢查一下您的身體嗎？」

想必是認為這事態實在詭異吧，位於後方的女荷官對四糸乃如此說道。

的確，四糸乃顯然不是那種會使詐的女生，但站在荷官的立場，也不得不確認一下吧。

「咦咦～～？妳該不會懷疑我們出老千吧？天啊～～也太失禮了吧～～算了。這就代表四糸乃真的很走運吧～～？快點證明自己的清白吧～～」

「嗯、嗯……」

四糸乃點頭回應「四糸奈」所說的話。荷官雖對她們奇妙的交流感到疑惑，但還是客氣地將手伸向四糸乃。

「那麼，失禮了……」

然後如此說道，把「四糸奈」從四糸乃的手上拿下，探頭看「四糸奈」的底部。

「啊。」

「啊。」

耶俱矢和二亞見狀，同時瞪大雙眼。

也不是不能理解荷官的想法啦。連續十次賭中輪盤的少女手上載的兔子手偶的確十分可疑。

不過，從四糸乃的手上搶走「四糸奈」——

「嗚哇——」

四糸乃的眼眶漸漸泛出淚水。耶俱矢和二亞連忙把「四糸奈」搶回來。

◇

「——喔喔！」

沉重的門扉開啟的同時，迎接十香的是刺眼的光芒與海風的香氣。

十香所來到的地方是巨大船體的主甲板。駛向大海的船舶前方，是一望無際的水平線，沐浴在陽光下的海面波光粼粼。

十香從扶手探出身子眺望下方後，清楚可見水面隨著水花流向後方。乘坐在船上沒有太大的感覺，看來船速挺快的。

「讚嘆。這景色真棒。」

「唔嗯。景致著實美妙。」

當十香在甲板上環顧四周時，後方傳來這樣的聲音。

循聲望去，便看見那裡站著一名看似有些睏倦的少女，與一名將紮成三股辮的長髮纏繞在肩上的少女。

她們是八舞夕弦與星宮六喰。雙方與十香一樣，都是精靈。看來她們也是為了欣賞周邊的景色才來到主甲板。

「喔喔，夕弦、六喰！妳們也來了啊！」

「首肯。機會難得，夕弦想找一個景色漂亮的地方當背景拍張紀念照。不介意的話，妳們兩個要不要一起拍？」

「嗯，真是個好主意。務必讓妾身一起入鏡。」

「嗯！我也贊成！」

六喰與十香點頭同意後，夕弦便大大地頷首，從手上的小包包拿出智慧型手機和棒狀物。

「唔？夕弦，此棒為何物？」

「注目。這正是拍攝紀念照用的祕密武器——所謂的自拍棒。」

「漬拍棒……這名字聽起來好好吃喔。」

十香盤起胳膊，歪了歪頭。名字聽起來像是刺著醃漬拍打過的烤雞或炸雞串之類的料理，但夕弦手持的金屬棒上頭卻沒有刺任何東西。

「納悶。夕弦聽不太懂十香在說什麼……反正，夕弦示範給妳們看。」

夕弦將手機裝在手持的棒子前端，然後伸長棒子。
「展示。像這樣按下手邊的按鈕後，就能拍照。不用拜託別人，也能把自己和背景完美地拍進去。」
「原來如此，用此物便能拍照呀，著實方便呢。」
「竟然……」
雖然看不出哪裡像雞肉串，但確實很方便呢。十香一臉佩服地瞪大雙眼。
「排隊。來，背對水平線來拍照吧。」
「嗯！」
「唔嗯。」
十香與六喰分別站在夕弦的兩側，望著夕弦舉起的手機，比出V手勢。
「拍攝。要拍嘍——來，笑一個。」
夕弦說完後，同時響起「啪嚓」的手機快門聲。夕弦將棒子往自己的方向拉，縮回原本的長度後，操作手機螢幕，確認剛才拍攝的照片。
「滿足。拍得很漂亮。等一下傳到十香和六喰妳們的手機——」
話說到一半，夕弦突然轉頭望向後方，止住話語。
「嗯？夕弦，何事有異嗎？」

「……奇怪。剛才有一瞬間，夕弦好像聽見後方傳來熟悉的笑聲……」

夕弦疑惑地四處張望。十香也跟著環顧四周，但甲板上並未看見其他乘客的身影。

「唔嗯，是何種笑聲？」

「思考。好像聽到……『嘻嘻嘻嘻嘻』這樣的笑聲。」

「確、確實似曾在何處聽過……」

「嘆息。算了。一定是夕弦多心，大概是發現我們玩得很開心的耶俱矢的生靈之類吧。」

「話說——」夕弦將手機從自拍棒取下後，再次將鏡頭朝向十香和六喰。

「提議。難得搭船。夕弦還有一張照片想拍，可以幫忙嗎？」

「想拍的照片……？究竟是怎樣的照片？」

「說明。妳們兩人先站到甲板的前端——其實夕弦想在船頭拍，但似乎基於安全考量無法進去，只能在這裡拍了。」

「唔嗯……站在此處便可嗎？」

六喰遵照夕弦的指示，站到甲板的前端部分。十香也跟著站到六喰的背後。

「指示。六喰雙手張開，十香從背後環抱住六喰。」

「雙手……如此擺放嗎？」

「然後，我從後面抱住六喰……是這樣嗎？」

「讚嘆。太完美了。」

兩人依照指示擺出姿勢後，夕弦便興奮得連續按下快門。

於是，那一瞬間，正好吹起一陣強風，將六喰纏繞在肩上的三股長辮與十香烏黑的頭髮吹向後方，隨風搖曳。感覺夕弦的快門聲好像變得更快了。

「唔嗯……夕弦，結果此為何種姿勢？有特別的含義嗎？」

六喰詢問後，夕弦點頭繼續說道：

「解說。是老電影其中一幕。夕弦以前和耶俱矢看過那部電影，對這一幕印象特別深刻。」

「原來如此，是這麼回事啊。所以，那部電影在演什麼？」

「回答。是在演大船沉沒的電影。」

「——……！」

聽見夕弦說的話，十香與六喰不禁放下手。

「咦？勿讓妾身擺出不祥的姿勢！」

「就是說呀！要是這艘船沉沒了怎麼辦！」

兩人臉色鐵青地說道後，夕弦便開懷地嘻嘻嗤笑。

「辯解。別擔心，這個姿勢並沒有召喚水難的咒術作用。而且，那部電影裡的船是撞到巨大冰山沉船的。這附近的海不可能有那種東西不是嗎？只要沒有人惹四糸乃哭泣——」

夕弦如此說道的瞬間，四周的氣溫突然下降，船前方的水面旋即響起「啪嘰啪嘰」聲「長出」巨大的冰塊。

「什麼……！那、那是——」

「動搖。難道是，冰山！」

「冰、冰山是會像那樣突然長出來的嗎！」

面對突如其來的事態，十香等人從甲板的扶手探出身子大喊。

不知船的操舵手是否有看見——不，就算看見也難以澈底避開吧。十香在短時間內判斷狀況後，再次大聲說道：

「六喰！夕弦！」

「唔嗯……！」

「呼應。只能由夕弦我們想辦法解決了。」

六喰和夕弦回應十香後，開始在體內提升靈力。

◇

「……為什麼會變成這樣……」

七罪穿著泳裝抱住膝蓋，以絕望的心情低喃道。

七罪現在位於船內最上層的溫水游泳池一角。冬季卻依然刺眼的陽光從玻璃天花板照射進來，使得泳池搖曳的水面閃閃發光。四周換成泳裝的乘客們在游池玩水，或是躺在沙灘躺椅上，度過無比優雅的時間。

七罪當然不可能自願來到這種場所。人各有適合自己的環境。這裡就好比是五彩繽紛的花朵盛開的花田，並非喜愛房間角落與陰暗場所的香菇系女子該來的地方。

七罪之所以會在這裡的理由很單純。就是因為——

「——呀啊啊啊啊啊啊啊啊啊啊！」

當七罪盡可能抹消自己的存在感，試圖與牆壁融為一體時，泳池的另一頭響起如此高亢的聲音。

位於泳池的乘客們紛紛投以好奇的眼光。

在萬紫千紅中綻放著一朵格外可愛的花朵。

沒錯。換成性感泳裝的美九凝望七罪的方向，眼神散發出燦爛的光彩。

「七罪～～～～～！那身泳裝——嘎噗啵咕啵啪噗哇——超適合妳的～～～～～～～！咦！是妖精嗎？是天使嗎？人家不知不覺間竟來到了天堂嗎啊啊啊啊啊啊！」

美九毫不在意周圍的目光，奔向七罪。順帶一提，途中的——嘎噗啵咕啵啪噗哇——是她跳進泳池時的聲音。大概是因為自己與七罪之間隔著泳池吧，只好採取最短的直線距離。美九還說自己不太會游泳，然而她的姿勢卻宛如飛魚一樣。

「嗚哇……！妳、妳幹嘛啦……不要那麼大聲說話啦。妳本來就夠有名了……」

「咦咦～～？人家又不在意～～」

「我在意好嗎……！妳受到注目，我不是也會一起受到關注嗎？可以離我遠一點嗎……？」

「討厭啦，七罪真壞心～～」

說完，美九戳了戳七罪的上臂。七罪一臉憂鬱地嘆了一大口氣。

沒錯。七罪被美九半強制地拉到這座泳池來。她當然有抵抗，但繼續糾纏下去就要被扒掉衣服換上泳衣了，她只好自己換上泳裝。

就在這時，美九像是想起什麼事情似的，捶打了一下手心。然後從帶來的小包包裡拿出瓶狀物。

「啊，對了，七罪！可以拜託妳幫人家擦防曬乳嗎？」

「咦咦……為什麼啊？」

「當然是因為陽光會曬傷皮膚啊！就算現在不是夏天，也不能疏忽保養。據說陰天的紫外線反而更強呢～～」

「呃，我不是這個意思，我的意思是為什麼非得我幫妳塗啊……妳自己塗不就好了。」

「有些地方人家擦不到嘛～～幫人家擦有什麼關係～～」

七罪瞇起眼睛厭煩地說道後，美九便大幅度地左右搖晃身體表示她不依。

不過，就在這時，她像是想到什麼似的表情一亮。

「——啊！對了，要不然人家先示範一遍，幫妳擦防曬乳！這樣妳就知道怎麼擦了！人家真聰明！可以得諾貝爾誘宵獎了～～！」

「…………咦？」

聽見美九說的話，七罪目瞪口呆。也許是事發突然，無法理解美九所說的話；也許是頭腦拒絕理解。

不過，美九毫不在意地將防曬乳擠到手上，用雙手抹勻後，露出可怕的微笑。

「來，七罪。躺在那裡吧～～」

「呀————————！」

終於理解狀況的七罪發出慘叫，逃離現場。

「啊啊！七罪！不可以在泳池邊奔跑！」

美九嘴裡說著極為正確的話，一邊蠕動著手指，追在七罪的後頭。七罪氣喘吁吁，拚命地四處竄逃。

但這裡畢竟是被水弄得濕答答的泳池邊。不知逃了多久，七罪不小心打滑，身體失去平衡。

「哇！哇哇哇！」

「呀！危險！」

儘管七罪連忙張開雙手試圖保持平衡，也為時已晚。七罪向前撲倒。

不過——卻沒有感受到預料之中的疼痛。因為她撲進了偶然站在那裡的人的胸膛。

「——沒事吧？」

「痛痛痛……折紙？」

七罪搓揉著額頭，抬起頭，呼喚眼前的人的名字。沒錯。支撐住七罪的，正是精靈鳶一折紙本人。看來，她也和七罪兩人一樣，來到了泳池。

「謝、謝謝妳……要不然我就跌倒了。」

「不客氣。倒是妳怎麼這麼慌張？」

「……！對、對了！折紙救我！幫我解決那個變態～～！」

七罪大喊，用力指向美九。於是，美九一臉不滿地鼓起臉頰。

「討厭，真是沒禮貌～人家只是想撫摸七罪的全身……更正，是幫她塗防曬乳液而已。」

「妳不小心說出真心話了！」

七罪發出哀號般的叫聲後，折紙便輕輕點了點頭。

「我大概理解是什麼狀況了——七罪。」

「咦……？幹、幹嘛？」

「我幫妳趕走美九，但我希望妳變成士道的模樣，讓我塗防曬乳。」

「討厭啦！真過分～～！大家相親相愛地互相塗嘛～～！」

「為什麼都是這種人來找我啦！」

於是——

就在七罪不禁高聲吶喊的那一瞬間。

船體發出轟隆隆隆隆隆，宛如地鳴般的聲音，並且嚴重傾斜。

「……！」

「呀啊啊啊啊啊！到底發生了什麼事～～！」

事發突然，折紙壓低身子，仔細觀察四周；美九發出尖叫。而七罪也蹲在地上抱住頭。

一時之間還以為是地震，但仔細思考後，才意識到這裡是海上。那麼，究竟發生了什麼事？是撞上其他船了嗎？海底火山噴發了？受到海盜船的攻擊？還是撞上冰山——不，再怎麼樣也不可能這樣吧。

腦海中掠過各種可能性，卻沒有得出任何答案。

在這段期間，船持續劇烈搖晃，傾斜的角度越來越大。

位於泳池的乘客們紛紛跌倒，差點直接撞到牆上。玻璃天花板破裂，玻璃碎片朝四周傾瀉而下。

「呀啊！」

「哇啊啊啊啊啊！」

「唔……！」

七罪見狀，不由自主地舉起手——感受到封印的靈力經過路徑逆流全身的感覺。下一瞬間，泳池便籠罩著光芒。

「不………痛？」

「咦……這牆是怎麼回事？感覺很柔軟耶……」

「玻璃的觸感……也像橡膠一樣，完全不會痛……是新素材嗎？」

位於泳池的乘客們紛紛一臉不可思議地觸摸牆壁，或是戳了戳落下的玻璃碎片。

「呼……」

看來是趕上了。七罪鬆了一口氣。

沒錯。七罪立刻發動鏡子天使〈贗造魔女〉的能力，將周圍的東西全都「變」成了柔軟的素材。

折紙與美九似乎也從周邊的情況察覺到七罪的行動，像在表達「幹得好」似的，對她豎起大拇指與送出飛吻。

「…………」

七罪隨便揮了揮手回應她們後，再次吐了一口氣。

不久，船體的晃動轉小，周圍的人也恢復平靜……事情可以算是暫時告一段落。雖然還不知道發生了什麼事，反正船長應該馬上會向乘客報告吧。

不過——這時七罪疑惑地皺起眉頭。

理由很單純。因為泳池的入口處響起慌亂的腳步聲與高亢的尖叫聲。

◇

「妳、妳沒事吧，琴里？剛才搖晃得好厲害喔……」

在船內的交誼廳小憩片刻的士道，將拿在手上避免打破的茶杯與茶托放到桌上，並且望向坐在對面的琴里。

「嗯……我沒事。不過，這到底是怎麼回事……該不會是恐怖分子吧？」

與士道一起拿起茶具的琴里一臉困惑地歪了歪頭。士道聞言，「啊哈哈」地苦笑。

「再怎麼樣也不可能是恐怖分子吧……啊～～難得享用的紅茶都灑了。」

士道將視線落在形成一大片汙漬的桌布上，唉聲嘆了一口氣。明知不是自己的錯，但紅茶和桌布都是高級品，實在為此感到遺憾。

不過，幸好茶具沒摔破。士道望向周遭逐漸恢復冷靜的乘客與乘務員後，再次面向琴里。

「這交誼廳都晃得這麼厲害了，上層應該更嚴重吧。不知道去泳池的折紙她們有沒有事。」

「唔～～我想應該沒事吧……但為了慎重起見，還是去看一下吧。」

士道與琴里彼此點了點頭後，一起從座位上站起來。

結果——

「……嗯？」

下一瞬間，籠罩交誼廳的異樣感，令士道不禁眉頭深鎖。

終於平靜下來的交誼廳裡走進十名左右的男人後，再次開始引起喧鬧和尖叫。

「那、那是怎麼回事……」

看見一湧而進的集團，士道有些困惑地皺起一張臉。

不過，那也是理所當然的事吧。因為那群男人的模樣——就是如此詭異。

他們拿著自動步槍，戴著露眼頭套，穿得一身黑。這樣就算了……不對，怎麼能算了。但這身打扮起碼還能推測出他們的意圖。

不過，若是他們左眼全都戴著時鐘形的眼罩，頭上還都戴著貓耳髮帶，就令人一頭霧水了。

「……呃……」

當士道因為突如其來的事態而目瞪口呆時，一名疑似首領的男人向前一步，高聲宣言：

「——別動！這艘船已經被我們〈Clock Cats〉控制了！聽從我們的指示，否則小命難保！嘻嘻嘻嘻嘻！」

「嘻嘻嘻嘻嘻！」

「嘻嘻嘻嘻嘻！」

首領的部下重複極具特徵的語句，呼應首領。聽見有些耳熟的話語，更加深了士道的疑惑。

男人的這番話，引起交誼廳乘客們的一陣騷動。

「呀啊啊啊啊啊啊啊啊！那耳朵是怎樣？」

「這、這是怎樣，娛興節目嗎？話說，那耳朵是什麼意思……？」

「這……騙人的吧，又不是在拍電影……！話說，那耳朵……是怎樣？」

「…………」

男人望向吵嚷的乘客，將手上的自動步槍朝向天花板，扣下扳機。響起「噠噠噠噠噠！」的巨大聲響後，水晶吊燈的碎片閃閃發光地傾瀉而下。

「未經允許，不可發言。安靜點。因為你們是獻給女神的祭品。」

「「…………！」」

男人說完後，乘客們沉默不語。男人再次放眼望向整個交誼廳，一臉滿足地點了點頭後，接著說道：

「我再說一次。我們是〈Clock Cats〉，是擁戴黑女神的騎士團！另外，〈Clock Cats〉是把時鐘與黑貓組合在一起，有雙重含義！嘻嘻嘻嘻嘻！」

「嘻嘻嘻嘻嘻！」

「嘻嘻嘻嘻嘻！」

男人們高聲說道。

「…………啊～～……我本來還在懷疑，果然是這麼回事……」

琴里聞言，面有難色地在眉心刻下皺紋——仔細一看，她綁頭髮的緞帶竟不知不覺從白色變成黑色。

「琴里，妳知道什麼嗎？」

士道以那群男人聽不見的細小聲音對琴里說道後，琴里便額頭冒汗，點了點頭。

「恐怕是……精靈信徒。」

「精靈……信徒？」

這陌生的詞彙令士道歪頭表示疑惑後，琴里便接著說道：「沒錯。」

「如你所知，造成空間震的精靈的存在，是保密事項……不過，現在的社會，保密工作不可能做到滴水不漏。有嘴巴不牢靠的政府高官和軍事關係者，也有偶然目睹精靈的人。當然，因為不會公諸於世，所以精靈的存在只被當作是都市傳說或未確認生物……但得知超自然生物是實際存在的人，會把他們視為和神或惡魔是一樣的分類也未可知吧？既然如此，出現像邪教教團這類的團體也是遲早的問題。若是信仰對象實際存在，就更猖狂了。」

琴里聳了聳肩。

「不過，不知道是因為得知超自然生物實際存在才產生危險思想，還是本來思想有偏差的人為了給自己的行為找藉口，才尊崇超自然生物的。」

「原、原來如此……所以，他們的打扮是……」

士道瞥了一眼男人們的模樣。琴里苦著一張臉，點頭說：

「……沒錯，大概是『她』吧。她數量多，就算空間震警報沒響起，也在大街上出沒，應該很多人目睹過她吧……？」

「啊～～……」

士道露出和琴里相似的表情，把手擱在額頭……原來如此，這情景最好別讓「本人」看見。

在士道與琴里交頭接耳的期間，〈Clock Cats〉的首領依舊扯著嗓子不斷說道：

「——換句話說！這並非死亡！而是新生與救濟！祝福吧！歡喜吧！諸位今晚將得到救贖！成為女神的一部分！殉教者來世將變成貓，被女神撫摸！好想被撫摸啊！好想當貓啊！當人類好累！」

「好累！」

「好累！」

感覺後半段只是單純的願望，但被槍指著的乘客們表情皆透露出緊張……也對，要是有一群持槍的男子說一堆莫名其妙的話，會先感到戰慄更勝於覺得可笑吧。

「啊～～……我可以說一下話嗎？」

在這樣的情況下，琴里舉手打斷男子的話。

位於首領旁邊，身材削瘦的男子一臉不耐煩地望向琴里。

「沒聽見團長說的話嗎？未經允許，不得發言。」

「我聽得一清二楚。所以我才試圖詢問可不可以發言啊。」

「妳這傢伙——」

「——等一下，無所謂。重視紀律的態度值得讚賞。況且那孩子有點像貓。女神對貓很寬容的。」

「的確……」

「感覺很適合貓耳……」

被稱為團長的首領男子制止同伴說話，面向琴里。琴里臉頰流下一道汗水。

「所以，妳有什麼事呢，可愛的小貓咪？」

「……沒有啦，只是保險起見想確認一下，這不是船方準備的娛興節目或防災演習吧？」

「當然不是。」

「也就是說……這是劫船？」

「雖然使用這樣的詞彙來形容我們的行動實屬無奈，但若要說明得淺顯易懂，就是如此。」

「啊～～……」

聽見男子的回答，琴里板起一張臉，盤起胳膊。眉心刻劃著皺紋，臉頰流下一道汗水。

「原來如此、原來如此……這樣啊，偏偏劫了『我們搭乘的船』……」

看起來像是面對突然的威脅而感到戰慄的模樣——但看在士道的眼裡，更像是困惑與憐憫交織的表情。

琴里嘆了一大口氣後，對男子投以同情的目光。

「……我勸你們趁還沒有受傷之前，最好丟掉武器投降。」

「妳說什麼？」

聽見琴里也可以解讀成是挑釁的話語，男子原本平靜的表情變得扭曲。

「妳這話是什麼意思？究竟是誰會讓我們受傷？」

「誰啊……這個嘛，用你們的風格來說的話——就是女神？」

「……什麼？」

琴里說道後，團長納悶地皺起眉頭。

下一瞬間，佩戴在團長肩頭的對講機發出聲音。

「……怎麼了？發生什麼事了嗎？」

團長拿起對講機，湊近嘴邊說道。

於是，對講機的另一端傳來宏亮的槍擊聲與慘叫聲。

『——請回答！請回答！B班全軍覆沒！全軍覆沒！』

「什麼……？」

團長疑惑地皺起眉頭後，此時，其他男人們的對講機也開始發出哀號。

『這裡是C班！請求支援！手槍沒用！這些傢伙究竟是何方神聖啊啊啊！』

『槍！我的槍變成了法國麵包！是魔女！這艘船上有魔女！太扯了！我可沒有嗑藥！』

『好冷……好冷啊……手腳動不了……總覺得……好想睡啊……』

『——嗨，同志。不要管什麼女神了啦，不如一起來唱歌吧。今年冬天最火辣的誘宵美九的新單曲「Beautiful Moon」，好評發售中喔。』

……對講機中傳出紛亂交錯的怒吼、慘叫與奇妙的廣告。男人們的表情染上困惑之色，連隔著露眼頭套都顯而易見。

「怎……怎麼回事！究竟發生了什麼事！」

琴里見狀，唉聲嘆了一大口氣。

「看吧……」

「啊～～……」

士道從通訊的內容推斷出大致的情況，也露出和琴里一樣的表情，搔了搔臉頰。

「唔……！」

想必是從琴里的反應察覺出什麼事情吧，首領男子對琴里投以銳利的視線。

「這是怎麼回事！這艘船上到底有什麼！回答我！不回答的話——」

當首領男子正要舉起自動步槍，交誼廳入口處的門「砰！」一聲敞開。

十香、夕弦與六喰拖著癱軟的蒙面男子們從門外慢慢走進交誼廳。

「「什麼……！」」

男子們看見她們的身影，驚愕得喉嚨緊縮。不過，十香等人若無其事地朝士道他們揮揮手。

「喔喔，士道、琴里。原來你們在這裡啊。這些傢伙是什麼人啊？因為在人前亮出槍，所以就稍微教訓了他們一下……」

「掃興。難得搭船旅遊，竟然在那裡吵鬧。」

「唔嗯……總之，將他們一眾皆打昏了。」

「啊哈哈……」

士道也對她們揮了揮手，露出苦笑。

仔細一想，也不無道理。如今這艘船上搭乘了十名精靈──她們怎麼可能放過在眼前舉槍的惡棍集團。

「什……麼……」

當男人們啞然失聲時，其他入口又敞開，這次換耶俱矢、四糸乃、二亞三人拖著數名男子現身。那群男子的頭套被扒下，嘴裡塞著賭場的籌碼，手腳被冰塊凍住。

「呵呵，在吾等面前竟然還想動粗，真是愚蠢啊。」

「呃，那個……有沒有繩子之類的？一直用冰塊凍住，我想會很冷……」

「哇～～！沒想到竟然會遇到劫船～～！要是繼續賭輪盤，二亞我早就扭轉乾坤了～～！今天就當作不分勝負吧～～！」

二亞不知為何一臉開心地說道，然後拍了一下額頭。

於是，這次又換另一個入口出現戴著貓耳的集團。

乍看之下，似乎是占領交誼廳的〈Clock Cats〉同夥……但感覺不太對勁。

因為他們排列整齊地前進後，一進入交誼廳便迅速朝左右散開，畢恭畢敬地敬禮。

然後，穿著泳裝的美九揮手入場，折紙靜靜行走，七罪則是偷偷摸摸地走進來，接受他們的迎接。

「啊！達令！你沒事就好～～大家也這麼認為吧？」

「「是的！美九大人！」」

男人們一齊如此回應美九。看來，是被美九的天使〈破軍歌姬〉操縱的樣子。

位於交誼廳的劫船犯們目睹這異樣的光景，無不瞪大雙眼。

「這、這是怎麼回事……到底發生了什麼事？」

團長發出慌亂不已的聲音。

不過，這也難怪吧。畢竟本以為占領了船隻，結果船內的夥伴卻在不知不覺間被打倒、洗腦。他們幹出這種好事，也沒什麼好同情的，但還是覺得有點可憐。

不過，即使面對這樣的慘狀，團長似乎依然不肯放棄。他從懷裡拿出狀似遙控器的東西，高聲說道：

「唔……沒想到會用到這枚炸彈。魔法陣和祭壇也還沒完成……沒辦法。女神很寬容的，獻上這些人數當祭品，她一定會開心吧！」

「什麼——」

「炸、炸彈！」

「大家，快趴下！」

聽見團長說的話，士道一行人怕得發抖。

沒錯。不能疏忽大意。他們的目的並非把乘客當人質與政府交涉，也不是拿贖金，而是把許多人當成供品獻給女神。只要不顧自己的性命，十分有可能會使出這種手段。

「那麼，各位，一起上路吧！下次再見時，彼此都是小貓咪了！嘻嘻嘻嘻嘻！」

團長高聲大笑，毫不猶豫地按下遙控器的開關。

然而……

「……嗯嗯？」

等了一會兒，也沒有發生爆炸。團長按了幾次遙控器的開關後，望向位於附近的部下。

「……喂。你確定有裝好炸彈了吧？」

「是、是的。我確實裝在位於輪機部門正上方的泳池……」

「……咦！」

這時發出輕微叫聲的，是七罪。不知為何，她一臉尷尬地挪開視線低喃：

「……啊～我可能把那枚炸彈變成了緩衝素材……」

「什麼意思！」

聽見七罪說的話，團長大聲吼叫……其實，士道也完全聽不懂七罪在說些什麼。

總之，確實是多虧了七罪，才沒有讓他們的計畫得逞。團長將遙控器摔到地板上，指著士道一行人。

「同、同志們啊，把那群小鬼給我——」

不過，就在團長正要下達指示的瞬間，耶俱矢、夕弦、折紙從三個方向各自衝出，輕而易舉地制伏貓耳男集團。

「唔啊……！」

「這、這是怎樣啊……！」

「被風壓擠扁——咕噫！」

男子們各自發出痛苦的叫聲後，不再動彈。獨自留下的團長一副已經無法正常思考的樣子大聲怒吼：

「開……什麼玩笑！怎麼可以在這個階段……慘遭滑鐵盧～～～！」

團長瞪大雙眼，將槍口指向琴里。

「嘖——」

「！琴里——！」

士道立刻朝地板一蹬，跳到琴里前面。

下一瞬間，團長扣下自動步槍的扳機，子彈「噠噠噠噠！」連續射穿士道的身體。

「嘎……！」

「士道！」

「什麼，士道！」

四周響起精靈們悲痛的吶喊。

不過——在灼燒般的痛楚中，士道踏穩腳步，撐起差點倒下的身體。

然後在〈灼爛殲鬼（Camael）〉的火焰舔噬槍傷的情況下，緩緩望向團長。

「你這混帳……要是打中琴里，你怎麼賠……？」

「噫噫……！」

團長顫抖著對被火焰包圍的士道發出哀號後，直接打破交誼廳的窗戶，逃到外面。

「唔……！」

「笨蛋，你在做什麼啊！又亂來了……！」

士道按住胸口呻吟後，琴里便發出擔憂的聲音，扶住他的肩膀。這時，精靈們也聚集到士道的身邊。

不過，士道抬起頭，從喉嚨擠出聲音：

「我沒事……！先去追那傢伙吧！」

◇

「噫……！噫……！」

——什麼鬼啊、什麼鬼啊、什麼鬼啊……！

〈Clock Cats〉團長滿臉冒著冷汗，奔跑在船的後甲板上。

手腳麻痺、肺部疼痛。心臟怦怦巨響，快要從喉嚨跳出來。

簡直是莫名其妙、莫名其妙、莫名其妙。

準備得應該很萬全才對。人數充足、裝備齊全。照理說，制伏這種只有不知戰爭為何物的郵輪乘客和文弱的警衛應該輕而易舉才對。和多達兩千名的活祭品一同踏上黃泉路的話，女神一定會來迎接自己的吧。然而——

「事情怎麼會演變成這樣……！」

明明沒有餘力出聲說話，團長卻不禁大喊。

於是，後方立刻傳來聲音。

「——在那邊！」

「森七七～～！竟然敢開槍射擊達令～～！」

「竟敢向風之八舞挑戰玩躲貓貓，真是有種！」

「噫噫噫……！」

聽見魔女們逼近而來的聲音，團長發出窩囊的哀號，加快早已達到極限狀態的腳步。

不可以、不可以。我獨自死去，無法到達女神的身邊。女神渴望祭品。不把許多人送到女神身邊就毫無意義。總之，現在非逃不可──

下一瞬間，團長突然撞上從暗處冒出的人影。

「哇啊……！」

「呀！」

他撞上的，是一名少女。一頭黑長髮，身穿荷葉邊洋裝。是個散發出高貴氣息，一副千金小姐模樣的女子。

「唔……！」

男子本來想破口大罵，但旋即改變念頭。反正繼續逃跑，也馬上就會被追上吧。既然如此，能讓自己全身而退的唯一辦法是──

「過來！」

男人抓住少女的手，把她拉到自己身邊。然後，用槍抵住她的太陽穴。

「呀啊！你這是做什麼？」

「吵死人！不想死就安分點！」

「——在那裡！」

當男人制伏少女時，後方響起剛才那群魔女的聲音。

「……！找到了！」

士道與精靈們一起追逐〈Clock Cats〉的團長，在船的後甲板發現他的背影。

「你已經逃不掉了！乖乖束手就擒吧！」

精靈們像是配合士道的吶喊般左右散開，包圍住團長避免他逃跑。

團長的前方只有扶手和大海，顯然無處可逃。萬一跳進海裡，也不可能從這裡游到陸地吧。

不過，團長滿頭大汗，冷冷一笑後，面向士道等人。

「別動！否則我就轟爛這女人的臉！」

然後如此吶喊，將步槍的槍口抵在單手壓制的少女的側頭部。

「「什麼……！」」

士道與精靈們的表情不禁染上戰慄之色。看來團長是在逃走時抓住乘客，將她當成人質。

團長看見他們的反應，加深了笑意。

「很、很好，乖孩子。如果不想看見這女孩可愛的臉蛋爛成像番茄，就準備逃生艇給我。」

「開什麼玩笑，那種事——」

「快點！」

男人大聲怒吼，將槍口更加用力地抵住少女的太陽穴。少女扭動身軀尖叫。

「呀啊～～！好可怕、好可怕呀。請救救我～～」

「………………………………嗯？」

就在這時——

士道不禁瞪大了雙眼。

不，不只士道。包圍住男人與少女的精靈們也全都露出和士道相似的表情。

「唔嗯？」

「啊……」

「哎呀～～」

大家都發現了吧。

那名少女的聲音，尖叫中帶著無比的喜悅。

那名少女的肩膀，宛如忍笑般陣陣顫抖。

那名少女的臉龐——十分眼熟。

「妳、妳……」

「──哎呀、哎呀。已經被發現了嗎？我還想再演一下悲劇女主角呢。」

士道半傻眼地說道後，少女便嘻嘻笑著如此回答。

沒錯。劫船犯抓來當人質的是──最邪惡精靈，他們的「女神」──時崎狂三本人。

「狂、狂三！妳、妳怎麼會在這裡……？」

「呵呵呵，你好呀，士道。真巧呢。」

團長見狀，焦急地怒吼：

「你們在嘀嘀咕咕些什麼！少廢話，快點──」

「──你有點吵呢。」

狂三說完，瞥了一眼團長。

這時，團長赫然瞪大雙眼。

想必他也發現了吧。

──自己捕捉的少女左眼呈現金色時鐘的錶盤。

「妳、妳妳妳妳妳──您……該不會是……！」

「──你這身打扮究竟是怎麼回事？難看也該有個限度吧。」

瞬間。

狂三彈了一個響指後，盤踞在她腳下的影子立刻伸出無數隻白手，纏繞住男人的腳。

「噫……！女、女神啊！請聽我說！貓～～咪貓咪喵喵！貓咪貓咪喵喵！」

「……那是什麼？」

「呃，這個嘛，據說只要唸誦這個咒語，女神便會將對象視為貓咪疼愛……」

「…………」

「咕，啊啊啊啊啊啊啊啊啊啊啊……！」

男人留下慘叫聲，被拖進影子中。

狂三一臉厭煩地嘆了一口氣後，輕輕拍了拍肩膀，面向士道等人。

「——聽『我們』說，有人毀壞我的名聲，我才來看看情況……沒想到，竟然比想像中還要糟糕。」

「狂、狂三，妳……」

「放心吧，我沒有殺了他。要是劫船的主謀不見蹤影，事後處理起來也很麻煩吧——」

「再說——」狂三聳了聳肩。

「我也挑『食』的。」

說完，舔了一下嘴脣。

……本人可能自以為幽默，但對經常被狂三覬覦的士道來說，實在笑不太出來。

◇

騷動經過數小時後，船隻立刻恢復正常航行，快到根本不像發生過邪教劫船這樣的大事件。

理由非常單純——因為琴里暗中託〈拉塔托斯克〉要求船方把這件事當成是船上娛樂的一環來處理。

當然，這並非是為劫船犯著想。實際上也已經把他們交給海上保安廳，應該會照常判刑吧。

那麼，為何要如此大費周章——當然是因為解決這件事的是精靈。

賭場、甲板、泳池、交誼廳，有眾多的人目睹精靈大顯身手。所幸似乎並未顯現靈裝和天使，但〈拉塔托斯克〉想避免乘客在下船後將她們捧成是擊退劫船犯的女英雄。

直接目睹劫船犯的乘客們，儘管有些困惑，似乎還是接受了這個說辭。他們大概認為自己不可能被捲進劫船事件，也認為劫船犯怎麼可能打扮成那副可笑的模樣吧。關於這一點，可得感謝他們的貓耳。

當然，以進行這種或許會讓乘客受傷的粗暴娛興節目為藉口，事後郵輪公司極有可能會收到客訴，不過琴里塞了一大筆賄賂金給他們，足以補償船方的損失……也只能這麼做了。

也許是因為這筆錢花得有價值吧，解決事件的功臣精靈們，雖然被當成是船方準備的演員而受到矚目，但並未被當成英雄擁戴，算是較能悠閒地在船上行動。

「——不過，竟然會遇到劫船，真是驚嚇呢。這種事經常發生嗎？」

十香在位於船隻八樓的舞廳喝著以葡萄汁為基底的無酒精雞尾酒，吐了一口氣。

她身穿以紫色為基調，設計典雅的洋裝。視郵輪之旅的天數而異，夜晚的船上是紳士淑女的社交場所，因此所有乘客有義務身穿西裝或禮服。十香以外的精靈們也身穿各自的禮服。那副模樣，宛如來參加城堡舞會。

不過，說是舞會，精靈中在跳舞的，也只有從剛才起就在舞廳中央踏著激烈舞步的八舞姊妹而已。六喰聽說能跳舞時一副興高采烈的樣子，但得知舞廳裡舉辦的不是盂蘭盆舞後，便大失所望。士道在內心發誓，下次帶她去參加夏日慶典吧。

「怎麼可能。如果是治安很差的國家就算了，這一帶鮮少發生劫船事件——真是的，給我添亂。如今回想起來，郵輪嚴重搖晃，或許也是他們幹的好事。」

「「…………」」

琴里說道後，不知為何，數名精靈露出尷尬的表情。

「……？妳們怎麼了？」

「沒、沒有啊～～話說，是叫精靈信徒嗎？竟然有這種人存在呢。」

以蒙混的口吻這麼說的是身穿大膽露背晚禮服的二亞。

「是啊。不過，他們似乎連『精靈』這個名稱都不知道。精靈的存在之所以保密，或許也是為了避免這種人出現吧。」

「原來如此喵……咦？那也會有我們的信徒嗎？」

「嗯～～……不知道耶。像耶俱矢和夕弦在封印前就有很多目擊的消息了，可能有吧。」

「推測。該不會所有信徒都戴著銀飾，手臂纏著繃帶，自稱眷屬吧？這樣的集團真可怕。」

「為什麼穿衣要素都跟我有關啊？」

看來，似乎是聽見這邊的談話，八舞姊妹一邊跳舞一邊說道。大家見狀「啊哈哈」地發笑。

「——話說回來，狂三也真慘呢。在自己不知道的地方受到擁戴。」

「是啊……」

琴里說完後，士道頷首回答。

結果，狂三在那之後，把失去意識的〈Clock Cats〉團長交給士道他們，消失在影子中。

「結果，連一聲謝謝都來不及跟她說。」

「你在說什麼啊，士道？你有自覺她想要你的命嗎？」

「呃，是這樣沒錯啦……但若當時待在那裡的不是狂三，而是普通的乘客，事態或許會演變得更加危險吧？」

「唔……你說的也有道理啦。」

琴里鼓起臉頰，像是在表達此話有理，但她不服氣的樣子。

就在這個時候——

「——哎呀、哎呀。有人叫我嗎？」

有稀客隨著這道聲音，來到士道等人的身邊。

「！狂三！」

士道呼喚她的名字後，狂三便拎起身上穿的可愛禮服的裙襬，優雅地行過一禮。

「嘻嘻嘻，你好呀，士道。大家也在啊。」

說完，狂三依序打量士道和精靈們的臉。精靈們立刻繃緊神經。

「哎呀，狂三。妳的目的不是已經達成了嗎？到底有何貴幹？」

琴里毫不掩飾尖酸刻薄的態度，如此詢問。於是，狂三用手遮住嘴角，嘻嘻笑道：

「我只是和大家一樣，來享受郵輪之旅的。有什麼問題嗎？」

狂三歪了歪頭說道。琴里冷哼了一聲，彷彿要刺探她真正心思為何般瞇起眼睛。

不過，狂三毫不在意地面向士道。

「——話說，士道，你找我有什麼事？我好像聽見耳熟的名字。」

「喔喔……我剛才提到幸虧有妳在。」

「哎呀、哎呀，是這樣嗎——呵呵呵，那我能得到什麼獎勵嗎？」

「獎勵……？」

精靈們聞言，表情紛紛染上警戒之色。

不過，這也是理所當然的事。畢竟狂三這名精靈揚言要「吃掉」士道，奪走他的靈力。不知會提出什麼恐怖的要求。

不過，狂三微微一笑後，朝士道伸出手，說出意想不到的話。

「——可以和我跳一支舞嗎？」

「咦……？」

士道吃驚得雙眼圓睜後，狂三便嘻嘻地開心笑道：

「哎呀，我說了什麼奇怪的話嗎？這裡是舞廳吧？還是說，就算這是我逮捕犯人的回報，你也不願與我共舞嗎？」

「這倒不是……」

「那麼——」

狂三將手推向前。士道半推半就地打算牽起她的手。

然而——

「休想得逞————！」

下一瞬間，琴里當場站起來，遮擋住士道和狂三的手。

不，不只琴里。其他打扮可愛的精靈們也憤憤不平地嘆息道：

「妳在說什麼呀，狂三！那我們應該也有跟士道跳舞的權利吧！」

「沒錯。就分數來說，我得分比較高吧。」

「就是說呀～～！想跟達令跳舞，得先跟人家跳完才行！」

「……呃，為什麼會是這樣啊？」

精靈們妳一言我一語地大聲說道。狂三見狀，樂不可支地將嘴角彎成新月的形狀。

「哎呀、哎呀。這下麻煩了。那麼，得請士道決定要跟誰跳舞才行。」

「「……！」」

狂三說完，精靈們的視線全都集中在士道身上。

「呃，這個嘛……」

士道沐浴在無數銳利的目光下，苦笑後伸出手說：「……那就輪流跳吧。」

後記

我是每次驚擾大家的橘公司。為您獻上《約會大作戰　安可短篇集9》，各位覺得如何呢？如果各位讀者喜歡本書，將是我莫大的榮幸。

短篇系列《安可》也已經來到第九集。即將邁入二位數大關。而在此次登上書衣封面的，正是當紅漫畫家兼精靈界巨星，本条二亞女士。請看這散發出高級感的成品。而且是書衣與扉頁有些許差異的豪華樣式。本条這傢伙，這身打扮是怎樣啊？

那麼，這次我也要進入慣例的各話解說嘍。內容會提及故事情節，還沒閱讀本篇故事的讀者請小心踩雷。

○雙親五河

本篇是描寫待在海外的五河家雙親返家的故事。其實，這篇短篇滿早就面世了，記得是刊登在二〇一五年五月號的《DRAGON MAGAZINE》附錄。已經是四年前的故事了。我的天啊。最近又重新刊登在《DRAGON MAGAZINE》，我認為是個好時機，這次就名正言順地收錄進《安可》。《安可9》之所以會這麼厚，十之八九是這篇的關係。

由於是四年前的短篇，所以二亞與六喰尚未出現。其實我這次本來想添加不知道情況的二亞與六喰撞見五河夫婦的新雙親五河的內容，無奈會造成頁數爆增，只好作罷。下次有機會的話，想寫寫看。

○購屋二亞

這篇是在寫其實並非只是游手好閒酒鬼的二亞尋找理想房屋的故事。我記得這篇是在開完動畫會議後，難得以口頭而非文章建構大綱的故事。

二亞真的很好寫，可以讓她說其他角色不會說的臺詞，所以寫得很開心。士道的態度也像是對待一個親密無間的朋友一樣，令人感到莫名地暢快。二亞雖然很廢，但或許意外地與士道合拍。這樣好嗎？你們要不要結婚？

天宮房仲的青木小姐這個角色，感覺寫著寫著，個性就變得越來越奇葩了。我並非刻意為之，但這次收錄的短篇，似乎出現了不少精靈以外的配角。

○挑戰七罪

七果的潛力大爆發。不知為何，我個人滿喜歡這一篇。好想要七罪的才能喔。

刊登在《DRAGON MAGAZINE》上的扉頁插畫，是拿著漫畫原稿毛遂自薦的大人七罪「NATSUKO」，但收錄到文庫本時，則採用了前段場面的插畫。超讚。我不會說是什麼讚，但真的超讚。

本以為七罪與四糸乃的朋友花音與紀子只會登場一次，想不到出場頻率還滿高的嘛。她們是在《安可7》的〈體驗入學四糸乃〉中初次登場，這篇我也滿喜歡的……我該不會只是喜歡以七罪為主的短篇吧？

○修行折紙

這篇是從「要不要寫個折紙新娘修業的故事？」這句簡單的話成立的。為什麼會演變成這樣？我記得一開始本來是預定讓她去上普通的新娘修業教室，結果不知不覺中就變成新娘「修行」了。我說的話有點莫名其妙喔。

若是只有折紙一人，就少了吐槽的角色，因此讓夕弦和小珠同行。究竟有沒有機會描寫小珠與「對象」交往的來龍去脈呢？可以的話，我想寫一下。

另外，這完全是題外話，「新娘」美佐子曾經在《約會大作戰DATE A LIVE》第一集中出現名字。

○醜聞美九

這是兩名娛樂記者想揭發誘宵美九的醜聞而鎖定美九的故事。我還滿喜歡以不知道要角們內情的群眾角色觀點寫故事的。也順便讓ＤＥＭ第一執行部的巫師登場。沒想到公司的人好像還挺討厭艾蓮的呢。

最初的定案是，兩名記者目睹精靈引發的超自然現象，想將這件事寫成報導時，被總編柔性勸導離職。之後兩人被調到超自然現象類的雜誌，以都市傳說獵人的名號聞名遐邇，但這又是另一個故事了。

○精靈郵輪之旅

如篇名所示，這是精靈們搭乘豪華客船旅遊的故事。我跟編輯聊到前陣子為了解鎖人生成就而搭乘大船後，編輯就說：「咦，那不就可以寫進去嗎？」於是便決定了這次的全新短篇。順帶一提，我搭乘的是日本國籍的船隻，所以就算有賭場，也不能換成現金。當然也沒有遇到劫船。在初稿階段只是普通的恐怖分子，但角色形象太平淡了，就變成那樣。嘻嘻嘻嘻嘻嘻。本來想把隊服設計成哥德蘿莉裝，但那畫面實在太傷眼了，就改成現在的裝扮。

順帶一提，本集的彩頁短篇也是仿照這篇故事寫成「約會大郵輪2ndDay」。描繪的是第一天擊退劫船犯後，純粹享樂的第二天郵輪之旅。

第三張彩頁因為瑪莉亞的參戰而感覺有點複雜，但在瑪莉亞珍貴的泳裝插畫面前，完全微不足道。由於這是《安可》第一次繪製全新的彩頁插畫，我希望畫的是平常難以看見的插畫。六喰的泳裝設計得超級可愛。

順帶一提，這第三張彩頁要畫什麼角色，是以過去從未畫過泳裝插圖這一點而定。感覺狂三

還滿常出現穿泳裝的插畫，沒想到竟然從未出現在つなこ老師畫的插畫中。

最後要說，本集依然在多方人士的幫助下才得以出版。

感謝插畫家つなこ老師，每次都畫出如此精美的插畫。責編、美編草野、各位編輯，營業、通路、販售等相關人員，以及現在拿起這本書閱讀的各位讀者，向你們致上由衷的感謝。

在開始連載短篇時，隱約冒出這種想法：「如果《安可》可以出版到十集，應該就能讓本篇中的所有精靈登上封面吧。」如今似乎能實現了。

我乾脆直接預告，《安可10》的書衣封面是六喰。我現在就十分期待她會以什麼樣的便服現身呢。

那麼，期待下集再相會。

二〇一九年六月　橘　公司

約會大作戰DATE A BULLET 赤黑新章 1~5 待續

Kadokawa Fantastic Novels

作者：東出祐一郎　原案・監修：橘公司　插畫：NOCO

狂三為了贏得撲克牌對決，竟然在夜晚的街頭當兔女郎？

「想讓我打開通往第六領域的門——就去賺錢吧。」第七領域支配者佐賀繰由梨提出這樣的條件。時崎狂三與緋衣響為此要到賭場賺錢，但玩吃角子老虎賺的錢對目標金額仍是杯水車薪。於是狂三賭上全部財產，與齊聚到第七領域的眾支配者以撲克牌對決！

各 NT$220~240/HK$68~80

Kadokawa Comics Illustration

約會大作戰DATE A LIVE 官方極祕解說集

Kadokawa Comics Illustration

編輯：Fantasia文庫編輯部　原作：橘公司　插畫：つなこ

《約會大作戰》官方解說集登場！
各式檔案＆新故事＆創作祕辛滿載！

精靈們的能力值和天使設定，還有揭發少女祕密的隱私情報即將公開。徹底介紹登場角色，甚至是只有在短篇裡登場的人物！還有橘公司×つなこ對談等創作祕辛，更完整收錄第０集小故事等難以入手的三篇短篇，以及在本書才看得到的新創作小說！

NT$230/HK$70

台灣角川

約會大作戰 1~20 待續

Kadokawa Fantastic Novels

作者：橘公司　插畫：つなこ

精靈們為了釋放靈力讓世界存續下去，
恐將成為史上最大規模的精靈戰爭揭開序幕！

五河士道回歸安穩的日常，然而，狂三說出一個令人震驚的事實。「──若是置之不理，不久後，世界將會連同十香一起自我毀滅吧。」精靈們決定展開一場大混戰來擠出用以維持世界的靈力！在被搶救成功的世界，與唯一犧牲的少女約會，讓她迷戀上自己！

各 **NT$200~260/HK$55~87**

七魔劍支配天下 1~2 待續

Kadokawa Fantastic Novels

作者：宇野朴人　插畫：ミユキルリア

最強魔法與劍術的戰鬥幻想故事第二集登場！
2020年《這本輕小說真厲害》文庫本部門第一名！

奧利佛和奈奈緒成了備受矚目的存在，但這卻刺激了其他努力鑽研魔法的同學們的自尊心和野心。誰才是最強的一年級生？為了搞清楚這件事，學生們舉辦了互相爭奪徽章的淘汰賽……此外皮特也面臨巨大的變化，隱藏在他身上的祕密究竟是──

NT$220~290/HK$73~97

打倒女神勇者的下流手段 1~5 待續

Kadokawa Fantastic Novels

作者：笹木さくま　插畫：遠坂あさぎ

下流參謀想出更加卑鄙的計謀打倒女神！
異世界勇者攻略記，勝負分曉！

真一等人由於魔王急中生智，得以從女神手裡逃生抵達魔界，尋找有助於反擊的線索。眾人翻遍古代文獻也找不到女神的存在，於是為了從太古龍——亞莉安的父親口中問出女神的真相，真一抓準機會使出妙計。下流參謀的策略能對強大的女神產生效用嗎？

各 **NT$200~220/HK$67~75**

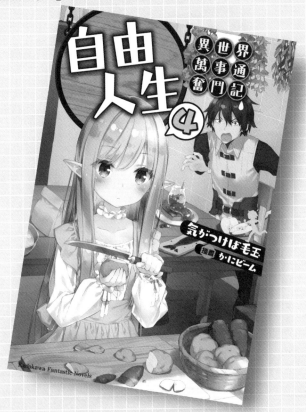

我想成為影之強者！ 1~2 待續

Kadokawa Fantastic Novels

作者：逢沢大介　插畫：東西

種種陰謀算計接踵而來，
席德今晚也以「影子強者」為目標向前爆衝！

在阿爾法的邀請下，席德造訪了「聖地林德布爾姆」，參加在那裡舉辦的「女神的考驗」。出現在他眼前的，是傳說過去曾為這個世界帶來混亂和破壞的「災厄魔女歐蘿拉」——通往「聖域」的大門，像是在呼應席德和歐蘿拉這兩名強者的靈魂而敞開……

各 **NT$260/HK$87**

世界頂尖的暗殺者轉生為異世界貴族 1 待續

Kadokawa Fantastic Novels

作者：月夜涙　插畫：れい亜

重生後的「傳奇暗殺者」在異世界開無雙！
突破極限的刺客奇幻故事揭幕！

世界第一的暗殺者投胎成了暗殺世家的長男。他在異世界接下的任務只有一項——「殺了被預言會帶給人類災厄的『勇者』」。「有意思，沒想到投胎後還是要做暗殺這檔事。」為完成這項高貴任務，暗殺者帶著美麗的隨從們於異世界暗中活動！

NT$220/HK$73

國家圖書館出版品預行編目資料

約會大作戰DATE A LIVE安可短篇集 / 橘公司作
; Q太郎譯. -- 初版. -- 臺北市 : 臺灣角川,
2020.07-
冊 ; 公分. -- (Kadokawa fantastic novels)
譯自 : デート・ア・ライブ アンコール (9)
ISBN 978-957-743-873-7(第9冊 : 平裝)

861.57 109006779

Kadokawa Fantastic Novels

約會大作戰DATE A LIVE 安可短篇集 9

（原著名：デート・ア・ライブ　アンコール9）

2020年7月27日　初版第1刷發行
2022年10月25日　初版第2刷發行

作　者：橘公司
插　畫：つなこ
譯　者：Q太郎

發行人：岩崎剛人
總編輯：蔡佩芬
編　輯：孫千棻
美術設計：吳佳昀
印　務：李明修（主任）、張加恩（主任）、張凱棋

發行所：台灣角川股份有限公司
地　址：104台北市中山區松江路223號3樓
電　話：（02）2515-3000
傳　真：（02）2515-0033
網　址：www.kadokawa.com.tw
劃撥帳戶：台灣角川股份有限公司
劃撥帳號：19487412
法律顧問：有澤法律事務所
製　版：巨茂科技印刷有限公司
ISBN：978-957-743-873-7
